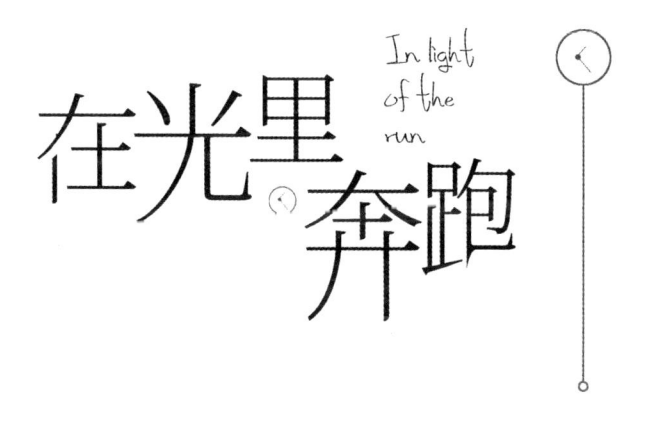

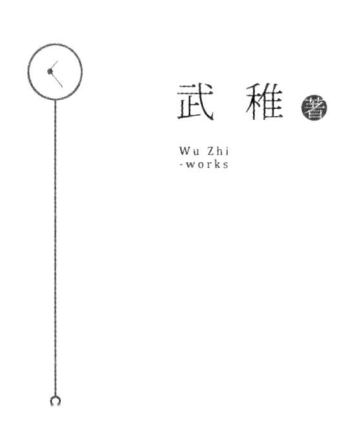

在光里奔跑

In light of the run

武　稚 著

Wu Zhi
-works

中国书籍出版社
China Book Press

图书在版编目（CIP）数据

在光里奔跑/武稚著 . — 北京：中国书籍出版社，2015.10
ISBN 978-7-5068-5221-0

Ⅰ . ①在… Ⅱ . ①武… Ⅲ . ①诗集－中国－当代Ⅳ . ① I227

中国版本图书馆 CIP 数据核字（2015）第 243414 号

在光里奔跑

武稚 著

图书策划	武　斌　崔付建
责任编辑	戎　骞
责任印制	孙马飞　马　芝
出版发行	中国书籍出版社
地　　址	北京市丰台区三路居路 97 号（邮编：100073）
电　　话	（010）52257143（总编室）（010）52257140（发行部）
电子邮箱	chinabp@vip.sina.com
经　　销	全国新华书店
印　　刷	北京富达印务有限公司
开　　本	650 毫米 ×940 毫米　1/16
字　　数	205 千字
印　　张	23.5
版　　次	2016 年 1 月第 1 版　2016 年 1 月第 1 次印刷
书　　号	ISBN 978-7-5068-5221-0
定　　价	49.80 元

版权所有　翻印必究

目录

第一辑　时光里的鞋

铁　轨…………………………… 002

一个人走在铁轨上……………… 004

火　车…………………………… 006

地　铁…………………………… 008

躺在铁轨上的人………………… 010

一个人站在山坡上……………… 012

影　子…………………………… 014

低　处…………………………… 016

高　处…………………………… 018

开锁人…………………………… 020

卓　玛…………………………… 022

盐………………………………… 024

尘………………………………… 026

叶　子…………………………… 028

虫　子…………………………………………030

水…………………………………………………032

月　光…………………………………………035

手　掌…………………………………………038

根…………………………………………………041

屋　顶…………………………………………043

佛…………………………………………………046

寺　庙…………………………………………048

钟…………………………………………………050

十个鳞片………………………………………052

路过的人………………………………………055

指路的木牌……………………………………058

时光里的鞋……………………………………061

老　街…………………………………………064

老　瓦…………………………………………066

广场上的乞讨者………………………………069

第二辑　唇上的桃花

黑…………………………………………………072

黑玫瑰…………………………………………075

目 录

黑　麦	078
在光里奔跑	082
在地下几十米	085
石狮子	088
石　头	090
沉　思	092
旱	095
肉　体	097
灵　魂	099
字	102
纸	104
笔	106
挖煤人	108
他　们	111
楼道里的清洁工	113
轮回光景	117
生命之轻	119
乌　鸦	121
鹭	123
黑蝙蝠	125
泥勺子	128

玉	131
仙人掌	133
中草药	135
珠　子	138
画	141
君子兰	143
红高粱	145
桃　花	149
种　子	156
大　漠	159
灵璧石	161
冬天的树	163
唇上的桃花	165
梨　花	167
残　荷	169
前　世	171
青　涩	173
梨　树	175
紫狐狸	177
蚕	179

目 录

第三辑　我的耳朵

荣家渡，我的故乡	182
家在洪洞槐树下	186
梦回文水	191
祖　先	196
谒黄帝陵	198
有到五河去的吗	200
父亲的咳嗽	202
父亲的胸膛	205
下岗的姐姐	208
这个人	211
卖鞋子的妹妹	214
当医生的妹妹	216
电信局里的弟弟	218
旧病复发	220
我知道你为什么是白色的	222
如果上帝不爱这个人	225
我要想一个地窖	227
姐	229

我的耳朵	231
父亲的耳朵	234
你说　今天要来	237
蓝色妖姬	239
唱《圣经》的女人	241
出门在外的人	243
冬天的鸟巢	246
左眼　右眼	248
长　城	250
滕王阁	253
登庐山	256
梦李白	259
中秋望月	262
佛　说	265
淡水小镇	267
黄　龙	269
加水的老阿妈	271
小陶罐	273
汨罗江	275

第四辑　那天晚上

村　庄…………………………………… 278
在雪花飘落的夜晚……………………… 281
中秋回乡………………………………… 283
彼岸花…………………………………… 287
蒲公英…………………………………… 289
荼　蘼…………………………………… 291
内心深处的村庄………………………… 293
麦　子…………………………………… 295
荷………………………………………… 299
菊花开了………………………………… 302
茶………………………………………… 304
乡村的冬天……………………………… 306
秋天的柿子……………………………… 308
冬　夜…………………………………… 310
栀子花…………………………………… 312
在城市…………………………………… 314
那天晚上………………………………… 317
街　角…………………………………… 320

城里的蛙声…………………………… 322

关于花………………………………… 324

面包店………………………………… 326

城市的雨……………………………… 328

一棵枯渠旁的树……………………… 330

山……………………………………… 332

两只猫在叫…………………………… 334

坐在橱窗里的女子…………………… 336

日　城………………………………… 339

夜　城………………………………… 342

钱……………………………………… 345

偶　像………………………………… 348

银　行………………………………… 351

太　阳………………………………… 353

后　记

火车、高铁及其他………………… 武　稚356

第一辑

时光里的鞋

铁 轨

我相信 它是爱着那枚浑圆落日
才沦落风尘的

长长的句子 不是呼喊 只是低语
并且发自内心

像一帧民国时期的黑白照
如果再有一个黯淡身影
并且背着一把竖琴

第一辑　时光里的鞋

火车在的时候　让火车行走
火车不在的时候　让自己行走

自由　缓慢　具有某种张力
甚至远志
虽然火车的轨道　有时是斜的

光打在上面　像脸颊
黑的　白的
纯色有纯色的厚度　纯色有纯色的质量

总归要走完　这不长不短的一生
一生的千难万险
也不过如此

一个人走在铁轨上

就这么一截一截
拼凑成了自己的一生

一截一截
像枯木一样守着静寂时光
守着自己的命运

更多的时候　天地为之颤动
天地想挣脱时间的链条

第一辑　时光里的鞋

不为风动　也不为幡动
火车的前方　永远有祖先晃动的身影

总想用汽笛　唤醒那个坐在冷里的人
也总会有人从这里升入天堂
身上背负干净的灵魂

也为擦肩而过埋下伏笔
那些散落在草丛中的　年久失修的故事

不要轻易说出它的冷与硬
就让它带走岁月与风

此生的轨迹多么清晰
在铁轨上放逐目光的人
一生却被苍茫覆盖

火 车

火车在黑暗中　用想象　在飞

火车的声音巨大　我生怕它用力过猛
飞出短暂的夜晚

似乎是剩下的光阴已经不多
火车需要骑快马去追赶

似乎是不需要再回来
从头至尾　大彻大悟　义无反顾

第一辑　时光里的鞋

一边是远离　一边是迫近
一边是决绝　一边是痴痴找寻

聚啊离啊　眼泪啊欢笑啊
生啊　死啊　轮回啊
都化作长河一样滔滔奔涌

当火车回首时
它踏过的　曾是它丢弃的
它遇到的　曾是它不屑一顾的
火车们依然快速　焦急　一下子就飞过去

而我们看不清火车的表情
它呼啸着穿过死亡　穿过灵魂
用强硬的姿势
压迫着我的每一根神经

地 铁

人越走越累　越走越慢
终于　人走入地下

坐在地铁里的人
两手空空　心事重重
地铁像闪电一样奔出去
或者闪电像地铁一样奔出去

越来越多的人　习惯黑暗
越来越多的人　习惯在黑暗中发呆

第一辑　时光里的鞋

他们看不见野花正在开放
也看不见野葡萄正在抵达夏天
只有大幅明星照一闪一闪跳进来

人类在黑暗中越走越远
人类只几步就把蚯蚓扔在后面
蚯蚓不知道什么叫闪电
它在黑暗中迷失了方向

坐在地铁里的人
离光明越来越近
似乎离幸福越来越远

躺在铁轨上的人

那个人以为自己前世是根木头
那个人把自己送到铁轨上

木头要经过甄别　刨皮　斩断
木头对自己保持高度坚挺

铁轨上的木头　一根一根昭示着黎明
而那个人在暮色中一脚踏空

枕木一定不想和那个人躺在一起

第一辑　时光里的鞋

他用瞬间的折断
玷污了几根好木头

头顶的天空是那么阴暗低沉
一道闪电把天空划破　然后瞬间消逝

一个人站在山坡上

一个人站在山坡上
瞬间感觉面前松软
并且相信这个地方适合陷落

衰败的　虚脱的事　此刻重新获得生命
草原上所有的河流　都向我奔涌
我甚至看见一列火车　在漆黑地晃动
早年青梅竹马的感觉

杂乱的斧子与脚步　似乎还没有毁坏山河

第一辑 时光里的鞋

此刻　水在水里流着
风在风里吹着
还没经历过这番景象的人　请不要谈论爱与生死

海阔天空　那是鹰的高度
鹰在那里复活
也被那里的黑暗吞没
辽阔的一生　得抖开多少风暴

站在下午的这个高度
我把自己随意地交给一阵风
加固　维修　开启　打坐
并且开始怀念　瓦片一样的日子

并且我相信　在这某个地方
应该会有人像佛陀一样
拈花微笑

风越吹越凉　我终将隐入万物
我对那个即将沉落谷底的我说
你一定要余烟袅袅

影 子

影子被拴住了
它只能跟着人跑
没有主人的影子　只能躲在暗处哭

我们无法拉长影子
也无法缩短影子
蚂蚁也不能将影子咬一个洞
我们看不透影子　就像看不透那个人

雪地里的影子　更黑些还是更白些?

第一辑　时光里的鞋

泥水里的影子　是卑微还是高贵？
水泥路上的影子　一生都在向前滚
草丛里的影子　一生都找到了什么？

你看　那个人是多么地高傲
可是他的影子　和我们一样贴着地面
他早已忘记了低头
他的影子里　没有一只蝈蝈叫

我最喜欢大树的影子
花斑豹一样　给人纳凉
为什么我的影子　只是一件摆设？

低　处

最低的低处　莫不过是死在自己的墓碑下
就这　地狱也还在下面

你不可能总在最低
你低不过一声冻僵的虫鸣
你也不可能总在最高
最高的　最后都是灰烬

坦然地接受是最佳状态
接受一条裂缝　随着疼痛慢慢打开

第一辑 时光里的鞋

接受雨水的宰割　接受岩壁的破损
接受一条河流　在光滑平实处慢慢奔向时间之外

再也不用担心命运的碾压
命运像根　在黄土之下也没有什么不妥
接受更多的雨水　用鲜花做肥料
靠近安歇的灵魂　不接受死神的邀请
并且最早感知春天　并惊讶于光线在泥土当中的走动

低处在掩埋　也在成全
低处的庄稼　掩埋了低头劳作的身影
生命的沉重和喜悦又都写在他们的脸上
他们像一千多年前的水车在歌唱
他们对土地的深情　一泻无垠

无法让低处走开
也并没有听到死神和隼的叫嚣和呼唤
低处难于斧凿
在低处我们主宰自己
我们把生的力量传递给别人

高　处

高处的高　不是鸟雀横飞的高
也不是半落天外的高
高处的高　是一种天要亮了的感觉
尽管那里也常黑着

高处一半是水
一半是火
一半是梦
高处在昼夜之外　在冷暖之外

第一辑 时光里的鞋

那么多的尘埃　借助风到达了高处
尽管这过程充满悬念
尽管这结果也充满悬念
但那更是一种争先恐后的行为艺术

高处没有病痛　风湿吧
高处不会头重脚轻吧
高处不会在一场大雾中病入膏肓吧
高处也不会在一阵大雨中哗然坠地吧

如果风更大一些
高处会不会被吹掉壳
高处会不会最终赢得天空
这未卜的高　像刀一样轻白
它像一个虚词　在等岁月的马蹄

一直怕被高处放手
所以我站在低处　我保持一种向上的境界

开锁人

开锁人专心开锁
世界在他身边已经空掉

开锁人的工具　像野兽的牙齿
它正在咬另外一块铁

深入一些　再深入一些
便可听到咬动的声音
便可听到一块铁　敞开心扉的声音

第一辑　时光里的鞋

一千次赞美门的忠贞　牢靠
不如一次毁灭来得痛彻心扉
也更为快活

以动制静　与世无争　忘我工作
开锁人内心　纯净开阔

整个冬天　整个灰色调想把什么都封锁起来
开锁人似乎可以打开冬天
打开整个世界

开锁人正在帮那个人寻回自己的家
那个被家放逐的人
似乎是一把没用的锁

卓 玛

她紧贴大地　用身体行走

此消彼长　此起彼伏
这个女子
在今世和来世之间来回摩擦

似乎只有这样
才能从旗语般的起伏里
倒出一小杯欢乐和希望

第一辑　时光里的鞋

其实她早就知道
土地并不理解她的孤独
但是丈量
只有丈量才是拜见先知最好的礼物

转经筒是信物　玛尼堆是信物
青灰的天空下　她步步叩出莲花

我看不清她的面容
但我知道她的名字叫卓玛

这个女子走在追溯的路途上
她想在源头上　稳稳站住脚跟

盐

不要水的动荡
让盐成为盐
成为凝固　思考　内敛

被魔法定格的那一幕
盐瞬间看清自己
粗白　刚烈　漠然

盐在传递一种声音
离开水

第一辑　时光里的鞋

成为经典

盐成为骨头　托起那个人行走
盐成为血脉　托起那个人思想
盐还成为一种低吼

悲伤和喜悦
应该不应该以盐的方式表达出来？
盐是一个人内心深处
最隐秘的风暴和白

很多时候　我想把自己藏在盐里
我选择让那个人活着
让自己消失

盐转世飞翔
或零落成泥
盐还是回到了襁褓？

一粒盐　是不是也刻着沧海桑田

尘

我无法形容　一粒尘是怎样的轻

尘坐在影子里　黯淡无声
更多的时候　尘踮起脚尖
在光线中曼舞

尘睁着微寒的小眼睛
在空中和碎石缝中寻觅
尘还知道　什么时候借助风

第一辑 时光里的鞋

尘感谢一粒尘　感谢另外一粒尘
那么多尘聚在一起　才能形成纷繁的假象
才能让落地的感觉　掷地有声

那个人一生不停地清扫　清扫
他想把这些沉静与浮躁驱赶出去
他何时能扫净他心中的尘

我是尘的一部分
我已做好消失的准备
随风而落　或者腾空而去
都将是我停滞的一种方式

叶 子

一只虫在费力地咬一片叶子
秋风却一口咬掉半个天空的叶子
叶子们到底应该落入谁的虎口?

叶子一片一片地落
它们似乎想把天空翻过来
叶子们呼啸而来　又似乎全都为我
仿佛我是蛊惑人心的凶手

可以零落有声　可以兀自不动

第一辑　时光里的鞋

可以眷恋　可以惆怅
但必须笑容可掬　必须热泪盈眶
一棵树有一棵树向上的事业
一棵树也有一棵树向下的光芒

在岁月的风尘里
叶子们生生死死　反反复复
天空则呆呆凝神
这千年悠久的瞬间变故

倘若死亡是生命的全部意义
倘若叶子们从泥土里钻出来
只是为了带一抹悲怆回去
那么我一万次回眸
为什么感受到的却是支撑世界的
源源不断的能量

我们生存的意义
是不是就埋藏在那一片浩大的落叶里
我们理解了落叶
是否也就更理解了自己　更理解了世界

虫 子

这样的束手无策
似乎也是命定的结局

朔风敲着大地的骨头
朔风决不干休
怎样的心跳　才能温暖百里大山一样的冷风

起起落落的叶子
接受了阳光起起落落的示意
除了那些被围追堵截的虫子

第一辑　时光里的鞋

光明与黯然都穿上了保暖内衣

深陷泥土　或躲进茧里
或再坚守一夜
无论怎样的攀爬
都是徒劳的丢弃能量

这些多余的错别字
为何要和我一样　来到这泥沼尘世
接受秋风的拷问和质疑

僵硬的身躯　一寸一寸地凉下去
一声叹息
落在一个小虫子穿越的梦里

水

我抚摸过许多事物
唯有水那么柔　那么弱
那么不堪一击

倘若我以光的名义进入
我会发现什么
倘若我以一尾鱼的灵魂进入
我又会发现什么

人不想活的时候　会到水边转一转

第一辑　时光里的鞋

灵魂不想活的时候　会不会到水边转一转
月光穿过水的夜晚
万籁已经露出破绽

事实上　没有它攻克不了的城池
事实上　没有它占领不了的心思
被尘埃荡过千遍　被月光洗过千遍的水
总是能将最坚硬的事物
——地温柔地破解

水漂起来了　水漂起来了
它不会飞得太高太高
它总是寻思要回到并不干净的土地
它的凋零比上升更具分量　更具膜拜

捂不住水声的夜晚
水也会弯弯转转行走在你的梦里
当它把伪装卸下
你会发现风尘仆仆的水　依然这般纯洁　可信

在光里奔跑

一粒精子在水中受孕
一个男子终生走在寻找水的途中
希望与绝望　欢笑与悲伤总是离水最近
水　请让我以人类的名义
允许你这样爱我

我必须把它说成是一种爱
唯有爱　才可以这么低　这么低
我必须把它说成是一种贵重
唯有贵重才这般坚实　谦逊

第一辑 时光里的鞋

月 光

多么冷静的光
救活过多少绝望的念头和脸庞

如此宽广　如此纯粹
在乡下　我们称她为姑姑
我们不称她为娘娘

它只是静默地在说
没有温度与热度
如果一片月色还不够

在光里奔跑

那么就用月色裹着月色

它是旧时的小脚女人
还是戴着脚链的阿拉伯女子
是法老的女儿
还是《古兰经》中的圣母

没有人知道她从哪里升起
又从哪里落下
不知道她为何而来
又为何要离去

多少人在月光下走着走着
抬首看见了月亮
多少人在月光下走着走着
又迷失了月亮

多少人在月光下　迈着轻快的步履
多少人在月光下　流下忧伤的泪水
假如太阳不能解决我们生之苦闷

第一辑　时光里的鞋

那么在夜晚
请让我们在月之深渊里获救

手 掌

生命线　事业线　爱情线
我的掌心像混沌初开
据说月光可以打开一些古老的秘密
我的掌心想要打开什么

这是一道惊心闪电
这是一条嘶嘶叫的小蛇
裂纹在唱歌　它们早就在唱歌了
我握紧拳头
却不知道　如何防止它再扑过来

第一辑　时光里的鞋

这些旱的　湿的冰河
蓄满我半生的泪水
不　人的一生就是一场大水
我磅礴的水系
奔突与泛滥应该有我自己决断

我没有强有力的手段
上苍的手　转动命运的罗盘
我的手握着天大的秘密
抓紧或放松　无辜的动作
真实的虚幻

这迷团　这罗盘
这浸水的乐器
这些躺倒不再游动的曲线
我的未来

倘若我能握你宽厚手掌
我这一生是简单还是更加动荡

在光里奔跑

这山脉　这河流会不会为之苏醒
并且为之改变方向　并且为之迷失方向

第一辑 时光里的鞋

根

清瘦　张狂　浓烈
钢铁般意志
抱残守缺的美

如果不是一场暴风雨夹带泥石流
我如何能揭开百年尘封的羊皮卷
如果不是把最低处的事物牢牢抓住
我们又怎知孤独的世界
是如何轻易把死亡腐朽解散

在光里奔跑

风像刀子在地表徘徊
车轮碾压过来
似乎没有忧郁 似乎没有激情
高贵的灵魂
一生在泥土中寻找更深层次的掩埋

叶是你的儿女
干是你的另一半
这个把自己一生嫁给土地的老男人
起早贪黑 想想有时让人辛酸

黑暗不是囚室 黑暗是温床
以夜为昼 以冬为春
根的一生用一种姿势去抒写

根坚定地微笑着
根用粗犷的历史质感
鼓舞我们 鼓舞一个民族
要扎根土地 要峭然耸立 要回归和平安宁

屋 顶

留下来　留在新的　旧的时光里
这注定是一种命运

像是蒸笼蒸出的包子　馒头
一方面膨胀　一方面塌陷
这智慧的象征
这人造的玩艺儿　这死去的标本

阳光和月光在屋顶走来走去
这银亮亮的马蹄　把屋顶走矮了　走锈了

在光里奔跑

人在屋子里也走来走去
把地走陷了 把自己走旧了

屋顶越来越一模一样
屋顶几十倍扩张
这石质的东西躲在一块取暖
又一同争夺阳光
它们发出和人类一样的叹息

屋顶在黑暗中也从不降低尺寸
它在列席自己的人生
那个踉跄的男子 独自在寻找一个温暖的核心
他要有比石头更坚硬的脚步
还要有比石头更坚定的内心
他像一个勇士 也像荒谬的英雄

常常想起屋顶的以前
不放低自己 不拔高自己 平淡从容
最美好的事情 是坐在屋顶上看月亮
大雪把屋顶像波浪一样盖住

第一辑　时光里的鞋

多少年了　仍被回味珍藏

屋顶倒下来　屋顶爬起来
屋顶目睹日升日落
山川　农田　树木　房屋
这是世界本来的样子

佛

避开世间苦难
端坐这里　只为独享灵魂安宁

被人看穿　被人涂抹　被人围攻
这群雕像已不能作声
它们没有眼睛鼻子　连手也残缺不全了

但是它们还坐在石窟里
或者隐身坐在石窟里

第一辑 时光里的鞋

夕阳下　只给我们留一个淡淡的假象

光线在身体里折断
历史在身体里折断
灰蒙蒙的它们
坐在一个又一个灰蒙蒙的修辞里

在不可触及的高度里
佛的视线掠过众生
古老的丝绸上　有旧日的裂纹与风

佛在风化
但是它们还是轻拈指尖
仿佛还在指点迷津

而那些转身离去的佛
我在想　它们是否因为未尽神力庇护
而心怀愧疚不安？

寺　庙

用焚香的语境　把自己抬高
用寂寞和半开半掩　展开宏大和高深莫测

站在高处和远处
用帝王般的黄把人间俯看
并且拨开今生迷雾和前世苦难

用金子一样的黄和酥油灯火
摧毁人世间最坚固的城堡
在低处与暗处　人们焚香

第一辑　时光里的鞋

内心温暖打坐

一盏油灯　就是一世寂寞
一盏油灯　就是一世寂寞
这里有多少盏油灯　多少世寂寞

用三种以上的概念去理解寺庙
并且借用这一刻宁静　抖落一生潦草
并且学会在明暗之中　打开一生辽阔

践约的人那么多
并且举手投足都和我一样
其实践不践约并不重要
重要的是内心要有祥云朵朵

莲花一枝　佛珠一串
用尽一生　也未必能抵达
因此　你必须洁净　崇高

钟

用倒置　将疼痛转化为吉祥　感动　悲悯

像武士的头盔　威严高悬
更多的头盔　则被淹没沙场　荒草丛中
你不可能再找到它

钟一下一下被撞
每一次都是穿越暮色　抵达黎明
钟不像人　人只会天旋地转　地动山摇

第一辑 时光里的鞋

钟只想呈现它想呈现的东西　比如声音
钟把其它藏匿在历史深处　模糊梵文
你不可能知道更多

像三千年前的风　它徐徐而来
你无法比它更苍老
也无法比它更辽阔

感谢那些铜与铁
它们把心掏空　把耳盲者唤醒
我已不再相信不朽　但却相信信念　爱与永恒

在来生来世　谁祈愿化做一口钟
谁愿意去探索人间道路
在渐深渐远的钟声里
谁把我们喊住　谁给我们指一条回家的路

在柔软的时光里　谁给我们重重一击

十个鳞片

我抚摸我光滑的指甲
这仅存的十个鳞片
我的前身是一条龙　一条蛇还是一条鱼?

我一遍又一遍抚摸它们
想象它们雷霆万钧的样子
它们疾如闪电的样子
想象它们吐着泡泡　又悠闲又失措

那个时候　我将用火喊醒你们

第一辑 时光里的鞋

我用火燃烧自己　燃烧触觉　燃烧那些空虚空洞
扭胯　摆头　怒目　在天堂和地狱之间
鳞爪和闪电　谁比谁更快更硬

而如果我是一条找回毒液和舌头的蛇
我将关闭复眼　和透视
我大幅度弯曲自己的身体
我将潜回到自己的柔软与耐性
我在荒草丛中　觅回自己一生的深

而我如果是一条或高或低的鱼
我将撞破生活的网　撞破那些陈规戒律
我用腮用鳍　推着曦光　推着云影　推着神秘
我要让我的一切在水下延续

谁揭走了我的鳞片
如今我光滑的肌肤上　依然鳞伤遍体
我已活过了化石的年纪
我进化和退化　我想回到裹着鳞片的遥远的记忆

在光里奔跑

上帝呀　不是我心存高远　立志炼石补天
我只是不想被泡药酒　被剔骨　被作标本图解
上帝　把我变作一条龙吧
我想避开那些恩怨和毁灭

路过的人

路过的人没有表情和颜色
他们有一张模糊的脸
是一些沉睡而又苏醒的人

路过的人不为指路　不为对望和回望
他们在我们的命运里直直地走过
我们以后也不会在言语中提到他

我们无法从他们那里寻找到过往
甚至从他们那里找不到一片落叶

在光里奔跑

他们在我们的世界里不发出声音
他们只能证明我们是刹那间过客

世界漫无目的
路过的人一直在我们的前方
他们加深拥挤　也加深孤独
他们悠闲　也像逃犯

路过的人有时会潜水
潜了很久不见了
隔了好久　又爬上岸让我们惊喜
而有的人　我们只能礼貌周旋

路过的人最后都躲进渺远
世界也不知道他们都去了哪里
那时大地空无一人
似曾来过的只有月亮

我一直以为　路过的人不是影子
他有一颗温柔　粗粝的心　他为爱而潜伏

而我也是一个发光体
我是一个隐藏了萤火的人

指路的木牌

去年的路弯得更厉害了
需要在这里立一个指路的木牌

一千年前上路的阳光　月光
风声　水声　以及注定要在这里行走的人
到了这里再也不会迷路了

天再高　也高不过这个路牌
路再远　也远不过这个路牌的指端
天地间　没有它指不了的路

第一辑 时光里的鞋

天与地　时光与风沙与车辙
其实都只是一瞬间的事情
木牌再也不愿意动了
它宁愿夜夜数着流星

风把路牌吹来吹去
太阳也开启它的溶炉
它们不希望一块木牌神异灵通

注定会有一次这样的相遇
注定会有一次需要一块木头来指点自己
而指点又会在某个地方戛然而止

我认识这条路
却不知道这条路上　都走过谁

我吧嗒吧嗒的脚步　长久地响在这条路上
我越走越慢
影子越拉越短

在光里奔跑

没有我的允许　路牌不可以跟我上路
一块路牌　不需要知道我的结局

时光里的鞋

出门前　试穿一地的鞋

穿什么鞋　无需低头看脚
这得取决于褂子　裤子
场合　对面的女人　或者心情

脚是什么感觉
褂子不问　裤子不问
场合　女人　心情不问
脚的痛　除了脚没有谁知道

在光里奔跑

一街都是脚　有多少穿自己的鞋
一街都是鞋　有多少走自己的路
一街都是路　有几条是光明通途

穿金鞋子的人　一定是富人
穿泥鞋子的人　一定是穷人
不穿鞋子的　一定是疯子
这点你不用担心　鞋子知道自己是谁
应该往哪里走

金鞋子想踩出自己脚印
金鞋子只有踩在泥土上
金鞋子要经历风雨　不蒙尘　不湿水
不被钉刺
金鞋子多么不易

泥鞋子有尊严　不卑不亢
泥鞋子走自己的路
泥鞋子给别人踩一条路

第一辑 时光里的鞋

泥鞋子又多么不易

时光里的鞋 靠什么被留住

老 街

谁能打开老街的阴暗
谁能把禁锢层层打通

老街已经很老了
老街还在使用

老街总是让人误入歧途
老街又总是能把细碎光景搓成一条条出路

有人到这里是为了寻找祖先的名号

第一辑 时光里的鞋

有人到这里是为了卸下一身的繁芜

老街由黑白凸凹主宰
老街的月亮重若磐石
老街能侧身挤过所有灾难

老街不仅私吞掉月亮
老街还私吞掉马蹄　铁钉　银票　当铺

老街　流水　人群　总是向着同一方向
它们似有同一出水口

老街瘦骨嶙峋　老街以为自己会日渐断气
老街却活出另外一副尊荣
历史是怎样的一副面孔
这中间需要慢慢地等

老街活成了民间版本
它被临摹得越来越宽

老 瓦

老瓦从低处走向高处
又从高处走向低处
老瓦还在踏实地行走

一块高过一块　一块低过一块
每一块都至关重要
每一块都有光荣的梦想

面对四面八方来风
老瓦不予回应

第一辑　时光里的鞋

老瓦把信任看得比命还重

一生与世无争啊
一生把浮躁都盖了起来
一生没有锋芒
一生只钟情自己的脊梁

曾几何时　老瓦在惊悚中簌簌落地
老瓦变形了
比老瓦还要变形的　是日子的变形

老瓦在下山
老瓦最终还是停留在自己的坡度上
如今的老瓦　在暮色中打捞
它想把逝去的岁月　喊回人间

老瓦不死
老瓦如篆
老瓦成为一种高贵的诱惑

老瓦没有新的内容

老瓦是我永远也写不出的诗篇

第一辑 时光里的鞋

广场上的乞讨者

他们总是以污浊和残缺不全出场
他们忘记了
数十年前　他们也是纯白之躯

他们并不抖落昨日的雨水和风尘
也并不掩饰袍上的虱子
他们想告诉我　他们也是经历过山水的人

他们并不迎合世界

在光里奔跑

不抬头 也不挺胸
甚至也没有一声谢谢
他们很注重自己的名节

一夜的风雨
他们没多一个 也没少一个
他们用更大的安宁
让阳光和露水第一眼瞧见

甚至连广场的最后一盏灯
也无法把他们熄灭

如果有一天 他们忽然全不在这里了
这世界 是病全愈了
还是这世界 更无药可救了

很多时候 我并不丢下一个硬币
我只是对他们默默致哀

第二辑

唇上的桃花

黑

黑也是匆匆的
匆匆而过的黑　有若散落的流年
在四野静静地吐露芬芳

一切都在记忆中慵懒沉睡
这个时候　谁也无法推开它们阖上的眼帘
一只蝙蝠在空中走着黑道
它迟迟疑疑的样子
像是黑夜的隐私

第二辑　唇上的桃花

不要逃避
波澜壮阔的一生总要有一些色彩来支撑
黑是最辽阔的
它用坐姿对峙一切
如若不能安睡　请也用坐姿像恋人一样对峙
你不可能比它更心虚

现在我们都是它的听众
黑暗想要告诉我们什么？
它是否想说
生前一生黑羽毛无法照亮自己
死后是否露出真容　是否被人反复惦记？
我若这样坐下去
我能否理解黑暗　能否坐拥土地？

再美好的事物
燃烧过后都是一把黑
都是黑石头砌着黑石头
黑有时候也会把天举高　并且不会褪色
并且愈加生辉

在光里奔跑

睁开眼　天已大黑
我已经不再惧怕什么了
我在黑暗的最中心
在淤泥的最中心
谁还能把我变得更黑？

第二辑 唇上的桃花

黑玫瑰

这个夏天
如果你还愿意送我一朵花
请送我一朵黑玫瑰

一朵玫瑰
打开一生的黑 和珍藏的美丽
用词语 用颜色 用性状 用花香来描绘
都是生动可感 立体活泼的黑

天一下子为之暗了下来

在光里奔跑

和死亡　黑暗　沉旧有关的气息自动浮现
这陌生的黑　离我心脏这么近
孤独的灵魂　一时花香四溢

谁说黄昏之后还是黄昏
深渊之后还是深渊
深渊里面有一朵黑玫瑰
流淌不住的时光啊　万水千山的气息
经年不老的容颜　起起伏伏的情意
都在这一刻　化作无声的马蹄奔袭

给你自由　给你爱
我听到黑玫瑰这样说
那时落日正在西沉
迷茫　苍凉　遗址或者废墟
都在不停地后退　被拉长
它们墨汁一样的身影
最终被最后一抹光线照亮

燃烧吧

第二辑 唇上的桃花

我听到黑玫瑰这样说
借助风势火势　去炼钢去炼铁
夜已铺开　黑沉沉地压在土地上
流泪　微笑与感动
却在不知不觉中被拔高

黑玫瑰是这个夏天最压轴的部分
一滴露　灿烂得如同毕生的信念

黑　麦
——致我的写作

一

黑色　这是肯定的
这是一片黑色的庄稼地
它有着别的庄稼
难以企及的墨香和锐利锋芒

夜半　风吹过这里
一片深邃　寂寥

第二辑　唇上的桃花

每一颗麦穗却在无时无刻不停地晃动

它们两个两个靠在一起
四个四个簇在一块
并且在一小队一小队之间留下空隙

不能种得太满
空地上点上一把蚕豆　插上几个逗点
多么干净　素养
我听到它们喧哗的脚步
并且闻到一缕挨着一缕的芳香

我希望能像抚摸麦穗似的　抚摸它们
并且被麦芒狠狠扎上一把
我希望能像穿过杨树行似的　穿过它们
撂下　两句咳嗽
甚至被哪个故意的家伙　生硬地绊上一脚

可是我们无法插足
我们只能俯首

在光里奔跑

多少人在黑麦前跃跃欲试
多少人在黑麦地悲欢　迷失

我长久地注视着这一片麦子
不知不觉中　我的眼里长出绿树青草　一片虫鸣

二

有些人被青麦带走了　埋在田间
有些人被黑麦带走了　埋在山间
没有比这更难抵达的高度了

青麦一茬一茬割　一茬一茬种
黑麦也是一茬一茬割　一茬一茬种
没有比黑麦更容易成活的了
即使在最贫瘠的岁月
它们也会暗暗结下坚实饱满

也没有比黑麦更难种的田了
没有比黑麦更难翻的土地

第二辑 唇上的桃花

也没有比黑麦更难抵达的深处

在街上　我常看到
一小块一小块随意溜达出来的黑麦
可是要想真正了解它们　只有到乡下
我常对着豆田　稻田　青玉米田说
嗨　黑麦黑麦
我希望成为它们中的一员

即使这样　我是否真的看得明白？
我能否将它们真实地打开？
我抚摸着这一片冰冷的麦子
有一种火热　从远方传来

种黑麦的人　在他们死去多年的日子里
黑麦仍独对时间
今夜读黑麦的人　眼睛黑漆漆的
心却透彻　久远

在光里奔跑

我用了大半辈子　在光里奔跑
就像火车用了大半辈子　在铁轨上奔跑

深入光的内部
左脚踏着日光　右脚踏着月光
在电闪的那一刻　我们在光里奔跑
在雷响的那一刻　我们在光里奔跑

在光里奔跑
一场大风把我们吹得东倒西歪

第二辑　唇上的桃花

我们换了个方向　继续在光里奔跑
一场大风能把我们吹出光的征程?

蝉　蝶子　虫与草
它们在光里坚定不移地走着
它们唱呀　跳的
它们知道自己的真相吗?

看那棵大树的影子　黑洞洞的
那是光在休息吧　那便是光阴吧
光阴里的人遇到光阴　总是侧身而过
似乎是光阴无处落脚　似乎是光阴居心叵测

看那一个一个漏洞　光阴里的漏洞
真金白银一般眩目
如此完美　如此天成
似乎是真理　似乎是智慧
而人的影子绝不可以出现如此谬误

太阳落山了

在光里奔跑

我用完了一天自己的光
我们像是喜阴的植物
在暗夜也摸索光的方向
月光白了几分
我们的脚步便白了几分　梦也就白了几分

在光里奔跑　我们跑出了白发
终有一天　我们跑进光里
把尘世留下

第二辑　唇上的桃花

在地下几十米

似乎都是逃亡到这里的
沉默的脸庞　紧绷的肌肉
火车头配合他们表情
地铁加速逃亡

一种欲望　疲惫至极
在这里扩展
抖动的车厢　穿过黑暗
以迫不及待的心情
带领他们实现银色轮回

在光里奔跑

车子一趟一趟开出
我也一次又一次消失在拐弯处
我的突然出现
能否制造喜剧般效果?

不能两次踏入同一条河流
可是总是那辆车
为什么永远是那辆车　向我们开来停下
让我们躁动　让我们挣扎　让我们陷落

倒是我错失的那班车
有起伏　有跌宕　有新鲜　有激动
它孤独地存在着
神秘地将我抛弃　并且释放

应该有不期而遇吧
应该有失之交臂吧
可以不问来路与去路吧
可以伸展四肢吧

第二辑　唇上的桃花

应该有所谓的江湖吧

站在地下几十米
我竟会这样想

石狮子

这些曾被打碎的记忆
又原封不动地被请回到衙门旁

石狮子紧锁着眉头
就像大门也紧锁着眉头
如果我们想慢慢靠近
我们就不能不在乎它的表情

其实　它已褪尽了所有的欲望
你看　它沉静得像一泓秋水

第二辑　唇上的桃花

它身上刻着精美的螺纹
它想用这种方式　证明自己清白地存在？

这从深夜跑出来的两头狮子
当黎明来时　它想不想撒开蹄子在四野狂奔
它想不想在绵延的草地　再做一次新鲜呼吸？
每次我看到石狮子
我都能想到孤单是什么样子

它凌乱的毛发垂吊下来
在那么多匆忙的脚步声中
我总担心它会露出什么的样子
我们这里没有一根青草
石狮了一动不动　像一个深奥的命题

多么精美的石狮子
我们却生不出春天的感觉

石 头

人活得要像石头　很难
人死了　要想变成石头更难

很多年了　石头掏出心中的豺狼　虎豹
掏出火
石头渐渐归于平静
石头无心　石头有心
这些无用　又有大用的石头

谁人的家里不藏着几块石头啊

第二辑　唇上的桃花

哪条河里不沉淀着几块石头
哪阵风不顺手牵走几块石头
哪片太空不想飘着几块石头

石头不像煤　一出世就想燃烧自己
石头冷冷的
高耸入云的石头　峻拔的石头
平庸的石头　潦倒的石头
它们用冷冷的姿态在大地上舞蹈
它们不动声色　让多少人秉承它们基因

石头被人们翻来翻去
人们想找出其中的煤　油　火
时光　风雨也把石头翻来翻去
一块石头的矜持与隐忍　常不忍卒读

也许我这一生
配不上一块有字的石头
当我从大地消失时
请在我的身边埋上几块小石头
我还是希望　能够像石头一样静静地思考

沉　思

像一株草
像一颗稻穗　一株向日葵
低下头来　沉思

把那些多余的东西赶走
那些苦乐痛　那些冷嘲热讽　那些悲悯
生命的躁动　在那一刻突然被遭遇
并且被水浸润

听到一种呼唤　来自高空

第二辑 唇上的桃花

金属一般响着颤音
古老的思想　像一根羽毛缓缓飘零
风吹过这些的时候
你一个人没有办法回忆

太深了　就不要再想了
就像夜深了　路就不要再走远了
黑色的锯末已经弥散
已经很多年了　错动的月光和脚步声
越来越硬朗　清瘦

它低着头　沉思着
我听到花朵在寂灭
虚无从塔尖滑落
生死呐喊在这一刻忽然被消融
时间在这里陷入永恒

当你低下头时
所有的假象来不及告别
就已陨灭

在光里奔跑

我听到头颅之沉重
犹如一滴水之无声叹息

第二辑　唇上的桃花

旱

旱是披头散发的土地
或是披头散发的老者
将要朝见先知的模样

早年被翻出的陶片
在阳光下倏地一闪
失去光泽的骨头
在深夜以磷的姿态　在野地里踽踽行走

云来了　似乎是云来了

在光里奔跑

云想收走它们在土地上被风干的阴影
这些远古的　淡淡的假象
让一只虫子　嗤地叫了一声

或者说　天上没有云
天上没有一丝云
太阳说　请向我告别吧
摇摇欲坠的天空
是逝者眼前的黎明

旱　是岁月更迭里的形销骨立
冷暖不均
旱是时过境迁的水车
再也无法推动

第二辑　唇上的桃花

肉　体

即便遁入空门　也要抓紧肉体
否则肉体会被死亡抢走

肉体被包裹得不透风　不透雨
肉体是有尊严的
除非在诱惑面前交出肉体
否则它不会切开自己

每一个肉体　都有不同的身世
它们光鲜　保持拥挤

在光里奔跑

它们永远也找不到一个可以扑在怀里的人
它们也不可能不朽

肉体一定要在奔跑中存在
它把重心放得很低
它一生都在演绎悲欢离合的老戏
它像囚徒　它沾满人世间的惆怅

肉体很难活成一个名词
它们往往毫无收成
但是它还是要像老钟一样摆动
它是时间的玩具　它怀疑着人世间

那个肥肠满肚的人　肉体是空的
那个怯懦的人　关键的时候总是忘记险恶
他的肉体是站立的

肉体总是无以名状的疼
它一生都在走漆黑的失恋之路

第二辑　唇上的桃花

灵　魂

这是死亡也带不走的东西
不论死了多久
它都会在入骨的黑暗中　凝视你

灵魂与肉体相见或者不见
它们一般不互补　不共谋　也不患难与共
它们划江而治
它们很少缠绵着情与爱

很少有人伸出手　去抚摸颤抖的灵魂

在光里奔跑

灵魂挣扎　也不露出痕迹
灵魂中的伤　很难救治
很多人在活的时候　就丢掉了灵魂

灵魂在肉体中安身
终有一天它又离开肉体
河边的破庙还在吗
那裏在一团呼吸里的瑟瑟抖动
眼神里是不安还是镇定

灵魂在起跳高飞　它开始新的征程
它不需要挽歌　也不会走散沉沦
这世上最孤单的身影
月亮能不能照到它的内心
它会不会独一无二想到它的前身

灵魂从不去中伤　摧毁
似乎它也以德润身
有人想去寻找失去的灵魂
有时我想在这个黑衣人身上靠一靠

第二辑 唇上的桃花

它和人类应该有着无法描述的温存

其实它像骨头一样地硬
我曾不止一次地幻想
也许就在那次爆裂之中
它强悍地将自己掠走　并且唤醒

字

谁在用一生　走自己的坡岭

你的宁静是黑色的
你黑色的宁静牵引着我
我在开阔与拐弯处　凝视生命律动

黑色无言
黑色如铁钉　沉入湖中
向下的力量来自内心
光芒与安详　却像月亮一样清澈

第二辑　唇上的桃花

投下一颗石子
再投下一颗石子
谁能让它激起最美的涟漪
谁又能让它碧波万顷

借用狂想　触摸千里之外的广漠
触摸夕阳
谁打马而来　谁悄声离去
那一方枯草与月白
记住了谁澎湃的过往

纸忠于自己的感情
我忠于自己的眼睛
一次没有拥抱的拥抱
一次没有消融的消融

就算不可救药　就算纠结一生
我们还是想在那一片洁白里
铺天盖地地扎根

纸

一张纸　泛着淡淡的白
那是它的深度吗

纸安贫若素　睁着空洞的眼
纸需要用清贫　忧患来喂养
那一方领地　需要一个人一生去开辟

没有什么能阻止　这些凹凸不平的家伙
向一张纸奋进
就像没有什么能阻止　驼队走向沙漠

第二辑　唇上的桃花

群星扑向天空

轻拂尘埃
这些纸有的硬朗　有的风烛残年
纸用百般勇武　铸起一道又一道长城
守卫那些无言与担当

纸单薄　坦荡
它们深刻如同大地
它们让河水泛滥上涨

月光下的纸　有白银气质
它用低声告诉我
一些鲜为人知的秘密

纵然是纸
也需要用墨点
来证明自己清白的存在

笔

从麦穗中抽出最壮硕的一支
让我们蘸水为盟
继续书写麦穗

那样地阔大　寂静
需要一支笔一生敞开胸怀
那样一舀水一舀水地浇灌
需要一个人一生　蹲在河岸

把笔握在手里

第二辑　唇上的桃花

像蚕吐丝　献出白天　黑夜与爱
用一种绵软
试图穿过　试图飞越

就这么辛苦地把笔握在手里
像农夫握紧锄头
用一种近乎贪婪的野心　去挖掘
一种真正的努力　是忽略有无

笔就像火车
从一个地方开到另一个地方
用一种匍匐的方式
穿过草芥　穿过浮尘　横穿几个朝代

笔一腔郁积
纵然是笔　也需要　小心翼翼地
守护　自己的　晚年

挖煤人

他们像蝙蝠　在暗夜自由出没

挖煤人沉下去　沉下去
沉到黑暗底部　时间底部
沉到煤向他们袒露心曲
沉到自己成为煤的一部分

煤不动声色　煤在周围闪闪发光
这些黑石头　怀抱坚定信念
总有一天　它们会穿破年头

第二辑　唇上的桃花

它们和春天再一次相遇
并且和火相亲相爱

挖煤人低下头　握着钎
挖煤人目光饱满　步履稳健
他们的灵魂透着光亮　他们在挖掘自己
在挖一天的辽阔和幸福

矿灯摇曳　永生不灭
跨过命运的窄门
它们洞穿孤独与黑暗
它们洞悉大地全部秘密
并且深藏着比煤　比火更广阔的爱

挖煤人的影子依附大地　墙壁还是其他？
这小小的黑生灵　一生蜷曲在别人背后
它们沉默　本分　更具耐心
它们用一生成全忠贞　清白

挖煤人的女人们

一直活在煤中间
她们比别人更知道一块煤的价值和分量

第二辑　唇上的桃花

他　们

只需一口深井
他们便能横穿鸿蒙　独步千古

这里没有斗转星移　没有季节更替
江山无主　他们是这里的主人
这些葱茏的生　这些葱茏的死
都被他们光明地一一洞见

这些沉淀千年的硬质　这些旧事物
这些纯黑的思想　宛若黑衣丽人

在光里奔跑

它们在黑暗中挣扎太久了
光明便成了唯一的向往

惊天动地　是一种崛起
乱石崩摧　是一种节奏
他们　是屹立在黑暗中的法宝
是一场流星　一泻千里的见证
这一切　与诗无关　与丽人也无关

这些黑美人　独自走向高处
满世界的黑暗　都等着它们点亮
而他们继续留在大地深处
他们把自己藏得更深了
自己成为自己沿途的风景

他们的头上顶着一轮太阳
他们自己知道么
他们一直站在最明亮的地方
他们自己又知道么

第二辑　唇上的桃花

楼道里的清洁工

一

矮一点　再矮一点
她低着头　退着走
这么多年　她在楼道里都没有找到出口
她这一生　漫上来的都是灰尘

她从不想让我看她的正面
偶尔的直起腰
也是惊慌地给我们让路

在光里奔跑

我们在她身边
又一次踩下自己的脚印

她并不多说一句话
仿佛那一句话　就足以让她毁约
她用彻底的放下　换回一切的洁净

我们都坐在固定的位置
她则飘忽不定像影子　幽灵
她把自己藏得很深
她隐身在一粒尘埃里
她的内心不需要任何人揣度

其实我和你一样
在这个大楼里　走来走去
并且经常走不通

我和你一样弯腰
抓拖把　抓抹布
其实　其他我也什么都抓不住

第二辑　唇上的桃花

我和你一样　经常忘掉自己
感叹自己幽暗无光
愧疚自己默默无闻

我们这一生　都被困在尘埃之中

二

我觉得灰尘和阴影
都已潜入她的内心了
她和楼道达成了更深层次的默契

她的时尚就是没有时尚
简短的头发　戴着手套和护袖
她的内心也一定是五彩的
她是收敛的色彩　浓缩的表达

阳光进一寸　她退一寸
阳光无声无息

在光里奔跑

她也无声无息
她处在一种不易被打破的宁静之中

不要有一句简单的问候
也不要徒劳地伸出一只手
她只会更加惊慌地拒绝
不要用这些恣意与大度
来破坏这一个下午

有时她竟能洞穿窗口
我觉得她获得了短暂的自由
一定是太阳把她托付给窗口
太阳想把她作成一幅图案

她专心致志地拖地
没有不安和惊惧
这个失去警惕性的人
竟然在地板上呈现出光亮与洁白

第二辑 唇上的桃花

轮回光景

历史搬开厚重 这个时候
它只是一位红颜
它轻飘飘的 想要飞

预约一场轰轰烈烈的恋爱
最受用的不应该是我
你看 大地深处到处都是窃窃私语

最喜欢到粗野无义的乡村去
它站成天隔一方的等待

在光里奔跑

我在轮回的光景里　隔世重现

它有桃的名字　桃的身段
它把身姿压得低低的
就像不远处　被方言压得低低的茅檐

它应该有高尚的品行　无邪的灵魂
这般起落回转
不改的是端庄　神性

不要说是路过的　就不能付出真情
在灰蒙蒙的书页中
我们需要有几树花支撑

再怎么只争朝夕啊　也还要凋零
但是　桃从不扑灭自己内心火焰
桃也不在我们走后
发出和人类一样的叹息

老了的是时光　未老的是春光
有一天　我希望能回到它们中间去

第二辑　唇上的桃花

生命之轻

我发现有一种不同
渐渐将我安顿

好大气持续来临
风也不再打断什么
你捧最好年华
等我在醇香中出现

用一种纷扬的方式而下
或学杨树　伸万千手臂

在光里奔跑

做更多飞翔

孤单是瞬间放大
而一朵花的私奔
突然让春天从冷水中上岸
一朵花　弥漫一个春天的情愫

虚构的快感可以代替忧伤
而这不是昨夜幻觉
昨夜　黑暗和桃做过怎样的长谈

不要说经历过太多风尘
人生就该变得沉寂
也不要说　人生就是剥茧抽丝过程
只要带上生命的轻
人生就是老树独特风景

揭开身世的秘密
揭开那些貌似坚硬
让我们语速平和　让我们持续表达　让我们欣欣向荣
春天　总是耐力惊人

第二辑　唇上的桃花

乌　鸦

树叶落光
乌鸦一无所有地站立

乌鸦紧缩着小小的头颅
巫师一样深藏面孔
孤独的象征　饥饿的象征　不详的象征
孤独　饥饿　不详是会飞翔的

乌鸦隐身行走
这群不耕种土地

在光里奔跑

就想养活自己的人
注定活得要像幽灵

但是乌鸦从不张皇
也从来都是迷途知返
它在冷眼中飞行
大地衬托着它的坚强

没有谁比乌鸦更热爱落日
没有谁比乌鸦更理解冬天
也没有谁比乌鸦拥有更为广阔的欲念

整个冬天　它冷冷地抓着树干
仿佛树干就是粮食
整个冬天　它默不作声
仿佛默不作声就是粮食

也许乌鸦不是黑的
它有着光明的内心
也许它不信奉死亡　它恰恰皈依天堂

第二辑　唇上的桃花

鹭

我不赞美鹤
我更赞美一群鹭
它们可以让我更抵达　偏僻幽远

鹭飞起来
我们听不到它的声音
鹭只给天空划出一些切面

鹭在哪片云朵下都很轻
鹭让水域更加宽广

在光里奔跑

也让身边的植物无比茂盛

鹭　白莲花一样落在水面
一朵有一朵的样子
一朵有一朵的层次

无需把握　无需紧握
目光里的拥有　可以死千万次　也可以重生千万次
目光里的拥有　可以一浪一浪涌入掌心　胸口

夕阳专注地看着鹭
鹭比人类更知道　自由　和平　安逸　满足

鹭需要保护吗
人类的心灵才更需要保护

第二辑 唇上的桃花

黑蝙蝠

它知道不知道　它烫伤的疤痕一样的脸
如此腐烂　陈旧

它黑成一个动词
在无边的黑毯上　扇动黑
它有白的牙齿
它嗜血

黑蝙蝠高高踞守半空　它把脸绷得紧紧的
它在绘制山河图谱

在光里奔跑

它飞向险恶的江湖
顺便也收拾一些腐朽

在山洞　墓地　时间隧道
繁衍生息一千年?
风带着冥茫从远古吹来
蝠与福　芦与禄
这高贵的身份
曾让它们获得天伦之乐　其乐融融

更多的时候　这个浴火重生的幽灵
比影子还虚无　它坚定地飞向人间
像饮酒时的尽兴挥舞
它不时发出吱吱的杀伐声音

在深黑的遗忘里
它们像一阵又一阵飘飞的落叶
又像大地伸出的手
在抚摸微温的地球

第二辑　唇上的桃花

地球兀自空转
这吱吱的　富有磁性的声音
仿佛绵软　又像是没有结局的惊恐

泥勺子

影子一样　没有重量　了无颜色
在一群杂草　藤蔓间
起起落落寻觅生活

清亮的目光　坦然的眼神
紧张不安地寻找
这是一堆泥勺子　司空见惯的泥勺子
或是远古遗留下来的法器
拒绝混乱　躁动　在传递一种精神

第二辑　唇上的桃花

一阵风将它们的身体　倏然放大
它们披风散开
神的速度　无限接近苍茫
虚若无物　乌有之躯　时间之外

鹰击长空　鹰是人间长调
而你谱写的是自己短歌
甚至看不见展开双翼
只是做一次急促的凌空思考
只是昭示天空辽阔　记忆苍白　独自渺小

无数次思考神秘
神秘如此咫尺　平凡　不可触摸
卑微地诞生　没有杂念地成长
从不隐退　从不灰心
一次又一次在蛋壳　啄击黎明的坚韧与淡定

请不要漠视我的关切
我与你一道　领受万物的恩赐与光泽
我请你到我的梦中筑巢

在光里奔跑

也请你告诉我
自我的快乐　是不是飘逸在物欲之上
并且不相信任何死亡征兆

注：泥勺子，方言麻雀。

第二辑　唇上的桃花

玉

说出什么和不说什么并不重要
重要的在于内心感受

不与时间为敌的结果
就是躺在时间里
用一种柔顺　淡定听凭时间发落

对的和错的　都露出笑容
如佛的面容　全善全美
如观世音　安祥本真

在光里奔跑

也曾埋在黄土里
一生的尸骨黄土来收
再睡多少年　玉归玉　土归土

我所能做的　就是把你握在掌心
足够柔　足够硬
有爱的对象　却没有爱的温度
有爱的温度　却没有爱的路途

今生无法成为一块玉
即便我心静如水
那么多叫玉的人
最后都生老病死

在玉面前　蒙尘的心瞬间干净
在玉面前　也最容易暴露一个人贪婪　软弱

第二辑 唇上的桃花

仙人掌

什么也不要说
什么也不要做

能说什么呢　又不能盛赞它漂亮
能做什么呢　又不能亲密地拍它额头脸庞

似花非花
似叶非叶

无意于做一根针　一根刺　一根麦芒

在光里奔跑

但流言蜚语　乱石西风总得有人去抵挡

无须争春　让它们都住在童话里
童话之后　总得有一朵花打开萧瑟　寂凉

张开双臂　将美揽在怀中
也总得有一种坚守
用疼痛将某些人叫醒

无所谓再生　也无所谓凋零
带刺的手掌控这一切
季节在这里不再轮回

我看见它了　它冷冷地存在着
秘而不宣　特立独行　不卑不亢

第二辑 唇上的桃花

中草药

夏枯草　决明子　五味子　……
原来我就分不清它们
现在就更不认识了

没有属于它们的大片田地
也没有海拔 3600 米的人迹罕至
这么多年它们安静地开　安静地落
似乎在说贫穷与苦涩也是人生的一部分

这些大地的孩子

在光里奔跑

这些清风和明月的馈赠
像一盏又一盏油灯　为爱点亮
像一个又一个朝圣者
奔在负累与坎坷的拯救途中

现在它们已经不是植物了
这些成年　未成年的女子
如今浓缩在瓦罐里
美丽已夭折

清肝降火　去烦解忧
它们即将深入我
深入我便是深入潮湿与阴霾
我深入它们便是深入朴素的生活

在广阔与无垠面前
它们隐藏在一堆词语里
在牛羊的蹄子边　它们缄默
在除草剂面前　它们尽量开到最小

第二辑　唇上的桃花

不以物喜　不以己悲
这些永恒的花蕊
其实一直在跨越生死　收复失地
并且在一滴水的滋润里
独自长成不老的传奇

珠　子

真是一颗一颗的美人啊
串在一起
洁白的　粉红的　深紫的
这些等着被人挑走的妃子

再也找不到比这更纯的对视了
最传神的一幕　被月光敛在眼底
多么美好　一切在你面前无须虚伪

如果我不曾看到蚌衣残片一般坠下

第二辑 唇上的桃花

如果我不曾听到"扑"地一声
一块废肉　垃圾一样跌在筐底
我是多么地赞同珠子
并且相信这世上只有动人的故事

挖掘　挖掘
谁能命令那双手在我面前停止挖掘
今生　我所能做的　就是不做那把刀
不做刀　也不做斧　不做任何形式的利器
如果可以　让铁回到铁　回到黑
回到最初的颤抖与颤栗

珠子在我掌心
月光一样柔润　露珠一样光洁
今夜　月光与露珠都已相继死去
在彻底的黑暗里
这带着点邪气的东西　有点傲慢　又有点自命不凡

熄灭　熄灭
一切终将熄灭　一切都会熄灭

在光里奔跑

今夜　我失手打碎月光
珠子却愈发清亮
这是谁的珠子啊?

第二辑 唇上的桃花

画

谁的眼睛从那块画布上
冷冷地向我凝视?

不像是偶然邂逅
她应该早就在那里
她随秋风一块来
她应该看到我了
她的眼里有了一丝不易觉察的照耀

她的后面

在光里奔跑

液态的黄与枯　模拟出千百种倒伏
是的只有这种倒伏　这种绚烂
才能有来年的呻吟与幸福

她当然看不到这一切
她满脸彩绘　又像是神情恍惚
风吹动她的影子
她的影子像衣衫在动

我知道这形像出自何处
但是不要找她
你找到的肯定不是她
最牢靠的办法　是让眼睛深陷其中

这么多年　她躲在何人背后
现在她在等谁　她又将消失在何处
生活的窗口疾驰而过
为什么墙上单单留下这一个？

第二辑 唇上的桃花

君子兰

这个四十多岁的女子
木刻般地捧着一朵花

她再也不会轻解罗裳了
她没有罗裳可解
她再也不会满腹心事了
几片老绿　稳稳地帮她托住这一切

似乎是刀削出来的
似乎连影子倒下　也是坚实的

在光里奔跑

这个把自己裹得严严实实的女子
似乎再也不会摇摆不定了

这朵花是开给自己的
也是开给时间的
它不再会为某一个人发光　呈现

而生命之姿如此端庄　素净　凛然
阳光与风多么地疼爱她们
并且为之生出淡淡的喜悦

就这样冷暖自知
无视别人目光
就这样去填补岁月

这个再也不会凋谢的女子

第二辑　唇上的桃花

红高粱

一

与其说风姿卓绝　风情万种
倒不如说雄壮伟岸　秉赋野性

每一棵都是主角
每一棵都是那样的高挑
它们让天矮了三分
让地高了七分

在光里奔跑

那样发烧一般的红
可以点灶膛的火
也可以点暮野的云

太阳　月亮　红河谷
我知道你们千年不褪色的缘由

我还知道一种欢呼　占领
是建立在旱涝　盐碱　贫瘠　丘陵之上
我也还知道本来可以不是这样
但这是由骨头和血脉决定的

安身立命　抱团取暖　世代奔袭
这个扶摇直上的小作物
总是用抽穗　花团锦簇步步为营

香甜的外表　苦涩的回味
一种深思熟虑的一饮而尽
一种绯红的　成熟的　意识上的微醉

第二辑　唇上的桃花

从不回避烈风　也不回避刀锋
不怕跌落　也不怕毁灭
就这样旁若无人

二

是大地的一抹原色
似乎可以冲上云霄

像枣红的马驹　驶过公路
晃动惊醒了原野河谷

被淫雨煮过多日
依然系着长裙　和苍穹对峙

最先看到一株细小高粱的变红
最先感受到高粱地里的晃动
那是一种深度迷恋

在崛起的龙脊　岗丘上

在光里奔跑

它是红颜
在西风乱世中　它也是红颜
它悲天悯人　济世救人
并在伫立中发出呐喊

在高原　它是足之蹈之的高原红
是最令人炫目的丹霞之魂
在我们乡下
它穿越浩瀚　它的红在大地上倚老卖老

第二辑　唇上的桃花

桃　花

一

桃花　不像屋檐下的辣椒
桃花　总是把身子向春风抬了又抬

火的颜色　血的颜色
正因为这如火如荼
那一片土地才突然有了骨血

是谁策马而过

在光里奔跑

惹得桃树竞相开放
是谁攒足力量
将一山的桃花呼唤

深一脚　浅一脚　摇摇摆摆
我不知道它真实的含义
我只是肤浅地陶醉在大自然的股掌之上

这正是我所热爱的世界的模样
没有风雨　刀伤
没有围篱　阻挡
就这样一片又一片　灿烂地
把红尘敲暖　敲响

就这样深入骨髓地　去说
桃花就像诗人
桃花以为世界都是她们的

第二辑 唇上的桃花

二

险些又和桃花擦肩而过
似乎桃花总是和险些有关

是一千次的凋落之后
又第一千零一次的返还?
有关桃花的纷争　总是难以了断

我不能视而不见这个世界
这是世界怒放的模样
这是心情怒放的模样

我从没在桃树下等待花开
桃花如此汹涌　也不是因为我来
我前半生走在路上　我后半生还走在路上
我的步履比桃花更匆忙

桃花交出一个季节的激情

在光里奔跑

看一眼桃花　就知道今年的收成
唉　落花流水
比落花流水更不堪的　是我们的心

她姿态如此端庄
今天我也故做消停
一个指尖的距离
我看到的　只有陈年殷红

桃花不传递任何消息
桃花希望我此刻活在花蕾之中

三

那些叫桃花的女子
多少年前　都跟着风走掉了

带着最初的单薄　带着扑面而来的红晕
桃花结伴远行
她们匆忙地从一个春天　赶往另一个春天

第二辑　唇上的桃花

后面的事　我不太清楚
在城市　我把那些又瘦又小
僵硬成骸骨的树
都叫着桃花

在春天　我希望活在伊甸园里的都是桃花
我希望能够让人仰视的都叫桃花
可是我知道
那些桃花　都只会从高处向低处降落

多少年后　我来到桃花镇
我惊讶地发现　桃花在这里聚拢
桃花踮着脚　桃花镇踮着脚
桃花镇想和桃花　一起抒情

我一次又一次地收回目光
那些贴身而过的女子　让我一阵阵眩晕
桃花　桃花　那些无数次燃烧过的桃花
我知道　重又回到了春风

在光里奔跑

四

桃花用瞬间的下坠
打开一门桃子的学问

红颜娇喘
咳出一大片　一大片的滩涂
如果你还没有学会绕道行走
你一定会再次踏入它的殷红

一定要以死的方式　才能获得重生？
憨态的桃　不知道自己口衔桃花
也不知道桃花已遁入它的一生

它体内斟满红酒
它让思念有了形状　让幸福有了味道
它有一千种神态
它的体内静静散发出光泽

第二辑　唇上的桃花

桃子在成长过程中
也一定忍住了悲伤与泪水
在风雨雷电面前　也一定守住了承诺
它知道甜蜜起来的全部过程

站在桃树下面
我觉得我可以远离名利和纷争
我觉得我可以获得暂时安宁
我们多么容易　被暂时的真实和美好打动

我为什么会这样想呢
风把桃树一年又一年地吹
风把多少少女　吹成了成熟的妇人

种　子

这些黑色的种子
还是那么冲动
它们一看见天空
就激动地想长出翅膀

扑簌　颤抖
仿佛有惊世大爱等着它
仿佛是观世音转世
张开　合拢　合拢　张开
这些个民间女子

第二辑　唇上的桃花

在太阳原色里穿行
旁若无人地去爱

到底应该不应该饱满
到底应该不应该
走完一粒种子的全部过程
我的思想被风撞飞
风是天上瞬息万变的白种子
地上的黑种子又结出黑种子

这些太阳也看不透的小东西
自己做自己的母亲　自己做自己的孩子
这些洪水也冲不走的种子
你把它扔到哪里　它都知道自己是谁
并且将要去做什么

每一粒种子都不是简单的种子
每一粒种子都有自己的份量
每一粒种子都把自己交给黑暗与根
它们只想证明　活着　爱与激情

在光里奔跑

沉默不是废墟
沉默不是粪土
因为喜欢　所以沉默
因为沉默　所以喜欢

第二辑　唇上的桃花

大　漠

用大漠一样的神情抬头去看
那时天空正蔚蓝

喜欢蓝色　但不得不接受自己的黄
蓝　蓝得古朴
黄　黄得超然
似乎这个地方没有黄也就没有蓝

大漠不能发光　大漠没有语言
但它迷恋神秘　宏大

在光里奔跑

它用一次又一次的焦灼　毁灭
去触摸自己的喜悦与忧伤

那一堆又一堆的浑圆
是兴奋之后的凝固
那沙脊上的蜥蜴足迹
有诗意也有悲怆

因为头顶有那一片蓝
所以大漠不会死亡
无论希望或绝望
都用一种母性的光茫静静地守望

第二辑　唇上的桃花

灵璧石

从那个叫灵璧　渔沟镇的地方走过
我忽然觉得　我惊醒了一个朝代

石头被集体挖出来
它们像穿着华美黑袍的钟馗
此刻它们有点张皇地站在街口
因为不知道　人们将要叫它们做些什么

这些智慧的头颅
被一双又一双来历不明的手抚摸着

在光里奔跑

它们的身体像开满花朵
它们的缄默　就是最好的音律

像是重新挖出的隐士
被摆在华贵的厅口
它的出现　总是让来人眼睛一亮
他们费尽心思　去解读

其实它只是在这里站一站
这个失踪的人
最终还是要回到故土

第二辑　唇上的桃花

冬天的树

风把树吹绿　又吹黄
风还在吹　吹一地的棕色树影

春天给了我们太多的想法
而现在　这一根又一根烧焦的木头
看起来永久美好

寒冷已经覆盖住这里
雪很快又会把寒冷覆盖住
树木的身躯必将牢牢陷在其中

在光里奔跑

流浪的旅人走向最后一堆火
乌鸦的眼里　闪过急切
树木小心地把身子　向远方移了又移

没有叶子的时候
有谁能像树木　把骨头打磨成花朵

第二辑　唇上的桃花

唇上的桃花

微醉　天地间一片摇曳
那是谁的红唇呢　是风吧
在唐河岸　它想吻谁

最美的花　飞身在最丑的枝丫上
以一千种无言　一千种淡定
去完成一千种心愿

怎么会有这么多的花呢
是今冬的风太凄太苦

在光里奔跑

还是枝上的伤口　太深太重

桃花太美了
甚至连桃树下的那座荒坟
都有了一丝温暖的红晕

看桃花的人　总是走走停停
桃花肯定也是小心翼翼的
唇上的花朵　是多么容易凋零啊

第二辑　唇上的桃花

梨　花

一群黑树
侏儒　丑陋的家伙
一群老光棍

开春　它们一下缚住一群透明的花朵
它们用钢铁般的黑
掠住流动在太阳光线里那些隐秘的白

不让一朵花错过
用枝丫堆　用末枝揽

在光里奔跑

用手捧　用肩挑

老树不堪重负
老树又矮了三分
春天一下舒展开来

让每一朵花　端坐枝头
成为春天颠峰之作
是老树毕生的心愿

第二辑　唇上的桃花

残　荷

爱你的人　在八月已经走散了
懂你的人　还站在十二月的边缘

残荷加深了池塘
就像月亮也会加深池塘
只是月亮想把荷塘唤醒
而你把所有的清醒　都开成遗忘！

现在只是一剂草药了
求医的人　却永远奔走在路途上

在光里奔跑

这副药　迟迟地没有被湖水包扎上

站在池边　我一直在看
我在看生　我在看死
死亡是如此美丽
而湖水是如此宁静

只是至美的东西
为何如此让人感伤

第二辑　唇上的桃花

前　世

我想把浓荫还给你
可我还是掘出一大堆土
我像一个无助的农夫
有时　看着也是一种痛苦

胡桃叶　知更鸟
甜言与蜜露酿成的美酒
如今再也无法采得一斛
我像一个失忆的园丁
有时　想也是一种痛苦

在光里奔跑

就是把那本书还给你
也是不能够的了
它们像高高低低的湖
让我无法重新上路

无家可归的鸟　从天空飞过
冬天的日子　就这么一天一天消磨
我不为一粒玉米发愁
寒冷让雪花　一年比一年瘦

我还是想回到前世去
那时你还不曾出现
我站在自己的单薄里
最多在清晨　落下一两片孤独

第二辑　唇上的桃花

青　涩

青涩的麦苗　带着怯意在乡间奔跑
春雷只能和你怔怔相对
骤雨也乱不了你的阵脚
孤傲的麦芒　足以把黎明刺破

青涩的玉米　你是乡间最美丽的女子
月光也围着你舞蹈
暗夜里　你的腰更瘦更高了
风来了雨去了　它们只能踮着脚

在光里奔跑

我亲爱的女儿　有时对着镜子一动不动
有时又在窗台前托腮独坐
她背着书包　颠颠跑远了
明媚的阳光下　我感到蛱蝶都在对她微笑

而我是日落前的黄昏　端庄　稳重　平和
哦　我的庄稼　我的孩子们
在你们学会低下沉甸甸的头颅之前
没有谁能够把我割倒！

第二辑　唇上的桃花

梨　树

梨子采走了
那帮老梨树　像收割后的老农
精瘦地坐在田野里　唠着嗑

容颜是苍老的　怀抱是干净的
神态是安然的
它们让阳光惊奇而来

更多的是风
还有雪花

在光里奔跑

雪花用一场又一场暴动　证明它们的强大

在春天　我看到另外一场葬礼
无数的白　无数的动荡
重叠成另外一种宣泄流淌
突如其来的幸福　只有天与地才能兜住

梨树对我说
你也可以燃烧
但是你要学会孤独
还有和寒冷死亡　游戏拥抱

第二辑　唇上的桃花

紫狐狸

紫狐狸在山间奔跑
紫狐狸钻进针叶丛林
它亮紫的尾巴　让山泉停止晃动

紫狐狸没有走出过深山
深山外就是太阳的山和月亮的泉吧
紫狐狸的眼里充满着梦幻

紫狐狸后来变成一袭毛领
它在一个女人白皙的脖子里蓬松

在光里奔跑

她是那样地出众迷人

紫狐狸再也不到深山里去了
它要用毛绒绒的尾巴
去温暖那个女人的一生

第二辑 唇上的桃花

蚕

我不喜欢看它们吃桑叶的样子
又难看　又贪婪

似乎只有它们能干成这件事
化成一只茧　又化成一只茧　化成十万只茧
织成一床锦被

越来越多的蛾不愿意再飞出去
它们宁愿老死在茧里
它们都愿变成一只香喷喷的蛹

在光里奔跑

就像所有的羊
都坚定地跟在牧人身后
就像所有的牛
病倒时还亲吻着鞭子和铧犁

我不能对它们说
你们都去死吧　你们都去死
我只能劝它们好好地活
好好地吃草　好好地长肉　好好地干活
并且义不容辞于一个古老家族
关于韬光隐晦的一切

第三辑

我的耳朵

荣家渡,我的故乡

一

荣家渡　那么远那么偏
远到我认为它的脚下　埋着盔甲和王冠

多少年了　没听到它发出任何声音
有时候我想　它是不是从版图上消失了

那些年　荣家渡的阳光很稠密
荣家渡的庄稼也很稠密

第三辑　我的耳朵

但那似乎又是一块荒板地
它总也养活不了那么多的人

荣家渡的天黑得很早
荣家渡的冬天也很冷
冷到村民们总想拿着斧子劈风
冷到父亲总也想拿着斧子劈风

我十一岁那年　父亲带着我们一大家子离开
荣家渡　我们把煤油灯和马灯留给你们
我们把二亩三分地　和整个田埂留给你们
我们带着自己的姓氏上路

留下爷爷和爷爷的坟墓
把心事埋得严严的
留下一条又一条弯弯的小路
像一个又一个理不清的阴谋

后来听说　那里建冶金厂了
冶金厂到底也没冶出一粒金子

在光里奔跑

后来又听说　那里建塑料厂了
塑料厂一直流污　流毒

这么多年　我们很少在语言中提到它
有时我们读别人的村庄
读稀疏的炊烟　初上的月亮
一边总是止不住地忧伤

二

有时候　我想
父亲想劈的　不仅仅是风

父亲在风中挥舞着斧头
他一定想劈更坚硬的东西

但是它们克制着　掩饰着
直到我们离开　它们也没有完全露出恶与原形

那么多年　我们家似乎一直在等待着

第三辑　我的耳朵

等待着一场又一场风暴的来临
我们知道风暴的力量
我们不敢相信荣家渡阳光的平静

父亲心里一定多次骂过它们
它们是多么坚不可摧啊
现在看来　它们也就是一些小事物　小人物

漂河水　湍急又不失安祥地流过
漂河水在拐弯处也没有停息
我只在梦里　轻轻凝视　匆匆走开

荣家渡在空白处　也曾露出一些真容
它的树是新的　它的庄稼也是新的
它们能改过自新　从善如流吗

荣家渡　我不知道一个外姓人
该不该把你怀念　该不该向你靠近

家在洪洞槐树下

一

问我祖先在何处　山西洪洞大槐树
祖先故居叫什么　大槐树下老鹳窝

关于这次迁移　我知道的并不多
只知道空前绝后　没有抗争和殊死搏斗

谁的脚印踩痛一个个血色黄昏
谁的身后是再也缝不拢的乌云

第三辑　我的耳朵

谁的胸口有箭镞一样的伤

我的祖先也在其中
祖先的啼血　和大雁一同发生
祖先的泪水　转动了　千年后的水车

大槐树把目光拧成了一根根绳子
大槐树看着他们像逃犯一样被捆缚　被驱赶　被日夜兼程
大槐树想呐喊　呼叫
大槐树却只能把水分一点点缩回根部

这一走走了六百年　这一走走了几千里
远去的风　最终也和他们失去了联系
落日弯腰　也再摸不到他们的身影

防风的灯罩　请为他们聚拢一点点灯火
那些扶老携幼的人
那些用拙劣技法求生存的人
多么需要这些破碎的温暖

在光里奔跑

也总是在门前种下一两棵槐树
那些碎片　那些遗迹
那些斑驳　纷乱的表情

大槐树　有一天我回去
你还能不能辨认出我外省的口音？

二

我不是最早回来的那一个
也不是最晚回来的那一个
风在回家的路上　跌跌撞撞
600年来从没有停息

从一个卑微的河汊里走来
从一个欲知未知的梦里走来
让我们向历史的阴影行大礼
让历史在阴影里默哀

第三辑 我的耳朵

枝柯间藏有多少颗种子?
黑暗中埋有多少盘根错节?
多少双眼睛拨弄着树叶
多少双脚印　踩乱了岁月?

风暴曾经想撕裂过它吧?
雷电想劈杀过它吧?
这棵比桃花还美的树
用苦难和微笑装饰着岁月

请原谅他的无语
那个失声已久的人
已难以拨响他心中的琴弦

也请原谅那个迟钝的人
他用最后的抵达
摧毁了他一生的美丽与等待

激动之后　战栗之后
暴雨和溪水　还得四处奔走

在光里奔跑

这孤儿一般的雨水
它不再担心　被蒸发殆尽

老树没有挥手作别
在逆光里　它高擎着铜枝断臂
我大概能懂得　它想要表达的是
高天　厚土　繁衍　生生不息

第三辑　我的耳朵

梦回文水

一

山西文水县
父亲终于　含含糊糊说出一个名字

这句话卡在父亲的喉咙里
八十多年了
他今天说出来　依然有点羞赧
他一定也认为　我们这样的人家和那里有点不配

在光里奔跑

父亲说到关键的时候　又语焉不详
没说我们住在哪个村子
在她家哪个方向
和她到底有没有亲属关系
历史在关键的时候总是卡壳

其实　我并不想攀附她
也不想和她在血脉里相亲
她下的圣旨　连荒草也不弯腰了
她立的碑　她自己的碑
人家早都不三叩九拜了　她的荣耀一无用处

我也从未想梦回唐朝　在宫廷里放歌
也没想做牡丹　去引领别人的生活
用现在的眼光来看
时光削掉一朵花　时光削掉一个朝代的花只需动一下剪刀

历史是流动的解说
她将继续被解说
她的荣耀与煎熬都是她自己的

第三辑 我的耳朵

就让她一个人伟大并且孤独下去

其实　我只是对那个地方更感兴趣
那些密封的岁月　那些乡语俚曲
并且　是多大的风把我们吹到这里

文水县　我对你的全部感情是
孤独的时候　一个人望望北方
并且把炊烟命名为你的姓氏

二

其实　我还是想说-说和她的关系

我的祖先胆小　羸弱　话也不敢多说
走路背手　弯腰
从未荣升过生产队长的宝座

他们的目光也从不坚定如炬
似乎耳朵里灌满了风声

在光里奔跑

似乎雷声还在天边滚动
甚至怕见到火光和孩子的哭声

如果不是被苦难反复咀嚼
如果不是把东南当作西南地行走
如果不是连梦也被砍得伤痕累累
我很难想象　其他还能有些什么

这个世界有什么是对的
早年的荣耀是对现在最直接的讽刺
有时我想
我们是不是该再占卜一次天象

四十岁之后　我不再抱怨
低下头来　温暖的事物和理由也俯首皆是
我的族人高擎着手臂　他们的日头也低低回旋
油菜花照亮了他们的前程
煤油灯也聚出一顿饭的快乐

我们带着各自的口音　撞响一座又一座的城

第三辑　我的耳朵

事实证明　这坎坷的人世间哪里都可以扎根
我们虽不身负功名
但重要的场合　也没缺席自己的人生
有时我想　我们也不算英雄气短
我们的英雄气质也还尚存

文水县　今夜我背对着你
我向着更多灯火的地方走去
远方　除了远方　我一无所有

历史　我能不能用我的小　涵盖你的无穷

祖 先

在文水之前呢
父亲说　那哪能知道

父亲这一句话
我仿佛看见　祖先又死了一次

我们继承了祖先的姓氏
却没世袭他的荣耀
祖先把自己淹灭了

第三辑　我的耳朵

祖先向黄帝　炎帝走去
祖先和神农氏一起尝百草
祖先变成了大殿里的一尊牌位　一炷香火

对祖先的想象异常艰难
他们带着归宿般的色彩和沉静
你无法揭示他们深刻的本质

闭上眼　我却能感受到他们的温情
一样的热烈情绪　一样的饱满人生
他们是另外一种意义上的人

也许我们无需辛苦挖掘
也许我们换一种方式就能瞧见
也许我们应该重新界定生死

祖先对死亡的忠诚　让我汗颜
他们守着的　可能是人类终极意义上的家园
是人类的另一个伊甸园

谒黄帝陵

时光　从现在开始倒流

倒流到黄河流域　倒流到长江流域
倒流到战蚩尤　征东夷　灭九黎

倒流到播五谷种百草　制衣冠　建舟车
倒流到封姓氏　造文字　卜生死

马蹄　硝烟　洪水　饥馑
以及我无数次的想象　都无法完整描摹这一过程

第三辑　我的耳朵

依然是你的黄河与长江
依然是你挥舞　斑驳绸缎的地方
古老的土地　如今蓄满月光
祖先　这是你魂魄归位的地方

把杂乱的斧子扔下山坡
把雷神　电神　请出墓园
五千年的松柏
请你呼啸着　再活过五千年

剥落了容颜的石碑
请你们继续剥落容颜
也请你们继续收藏那些宁静与波澜
并且继续负重向前

五千岁的祖先　请倾听我不同年岁的脚步
请接受我不同年岁的问候
我是你跨越雷电与重洋　也吹不灭的火种

总有一天　我会把肉身还给你
我会把灵魂还给你
还给你　也许是我对你最好的祭奠

有到五河去的吗

有到五河去的吗
有到五河去的吗
穿着油皮夹克的男子　站在路边
沙哑着嗓子　一遍又一遍地在喊

旧包裹　蛇皮袋　也许还有油纸伞
低腰裤　披肩发　或者还有背包客
他们顶着梦幻般表情
世界似乎只剩下走动　走动

第三辑　我的耳朵

滔滔江水　似乎想载他而去
而那个人一次又一次切入水中
衰老的皮囊里　有着不可移的坚定
坚固的牙床
咀嚼草根似的咀嚼着那句话
有到五河去的吗
有到五河去的吗

日落时分　这个城市开始煮咖啡
这个城市开始蒸馏生活
那个男子还站在那里　他只会说这一句话
有到五河去的吗
有到五河去的吗
像一个农夫
坚定不移地把最后一个穗子喊回去

我这一生　可能走在路途上
可能死在路途上
可是为什么挡不住　这一声
来自最低处的呼唤

父亲的咳嗽

它们代表父亲的某个器官说话
并且在晨起的那一段时光里　经常不作战略撤退

父亲的咳嗽如果像鸟鸣一样多好
这天籁之音　我一蹑手蹑脚　它们马上就噤声
父亲的咳嗽总是像砖头一样砸过来
他怎么按也按不住　他的咳嗽是心里的

我觉得父亲一直想讲点什么
他年轻的时候　就不爱说话

第三辑 我的耳朵

他在关键的时候　只是发出一两声咳嗽
他一辈子积攒了那么多没有说出的话
年老了　肺气肿了
他再也给不出一句光芒的答案

咳嗽在他的嗓子里走来走去
在清晨的地板上走来走去
他还有很多东西没有咳出来
他无法假装平静

多少年前　我就想搬走这些咳嗽
或者我一直想安抚这些咳嗽
这些居无定所的　老房子一样的喘息
可是事实证明　它们已顽固成父亲的一部分
我们只得选择放生

我开始收藏这经久不息的声音
这歪歪倒倒的身躯　幸好还能发出这破竹一般的声音
这克制的　忍耐的抒情
这父亲独有的　恒有的留言

在光里奔跑

我不敢想象　如果有一天它们突然像空气一样消失了
父亲你知道　我在尘世的一角
多么瑟缩　并且会整夜难眠

第三辑 我的耳朵

父亲的胸膛

在冬天　在北方
阳光轻抚树枝　就像轻抚父亲的胸膛

一棵树　是父亲的胸膛
一棵树　是父亲的胸膛
在冬天　父亲的胸膛又一次鲜活透亮

像一把又一把琴
立在天地之间
我们并不期望父亲能拉出像样的曲子

在光里奔跑

事实上　父亲常倚墙沉睡　像多次失语　又像沉溺回忆

父亲深谙粘合之术
父亲将贫穷　劳累　苦闷深深焊接到树桩上
父亲的血脉更流畅
肩膀更宽阔　胸怀更宽广

父亲们的心怎么会死
只要有一寸土地　父亲的心就不会死
最多世界只是在他们面前晃了几晃
随后世界又恢复原样

父亲们也有思想
当北风想剥夺一切的时候
父亲们总是抬高自己
让自己高出世俗的目光
父亲们又总是用咳嗽把自己弄醒
用静默　把世界弄出巨大声响

在冬天　北方是悲哀的

第三辑 我的耳朵

因为有了父亲们　北方是一组又一组雕像
北方很老了
父亲们的骨头却是越来越硬　世界越来越清亮

下岗的姐姐

头二十年　人们叫她富余人员
也就是下岗工人
现在二十年　人们叫她全职太太
也就是家庭妇女

她做过代账会计
保险公司推销员
学校仓库保管员
四十多岁时还想送礼　再谋一个职业
别人通过改制　招商引资　买地　圈地

第三辑　我的耳朵

变成工厂主　农场主　房地产商人
她不炒房　不炒股
只是下岗就业　没能创业

后来　她生病了
我们家的房梁提早坍塌了
我们摒弃一切问题
跑到上海给她切甲状腺　切脾
姐姐为此感激得泣涕涟涟

病后的姐姐不再想外面的事
她像专注一朵花似的
专注家庭　专注父母
她的微笑常越过油烟　落在尘埃　杂物上
日子被她漂洗得一遍又一遍发白

现在的姐姐　双耳寥阔
有空时候　经常和佛在一起坐坐
她为我们中的每个人祈祷
姐姐　你已经以姐姐的名义重新命名自己了

在光里奔跑

这个小人物　没有说过一句错话
没有做过一件错事
没有什么重要言论　没出席过一次正规场合
她理应受到关爱与同情
难道不是吗
……生活却以她不是智者
不是健全者而回避了她

她的左手写下苦涩与磨难
右手写下承受与憧憬
世界也该为她落下眼泪

第三辑　我的耳朵

这个人

写这个人的时候
我觉得应该由她自己写
而不是我

我只是替她写
替她活着
不知道她活着　是不是为了我

她的脚不停地走
仿佛脚想踩住一只蛤蟆

在光里奔跑

她的手不停地走
仿佛手想按住一只蛤蟆
她的八个小时在别处
她不停地追
时间这个蛤蟆总是比她快一步

她把自己像硬币一样往外掏
她走得那么快
一路上掉下酡红　水分　水粉
她歇下的那会儿
有人在抽她的颈骨　腰骨　骶骨

她享受着夜晚
她在一张纸上写道
在白天走着的人
都会失去双脚
而黑暗中的行者
却都插着翅膀

她说　她想听到自己的叫声

第三辑 我的耳朵

如果她听到自己的叫声
内心可能更加平静
这个世界并不缺乌鸦的叫
但是乌鸦的叫
证明那只乌鸦还活着

她说 她想打碎
那些坚实的 牢不可破的
甚至像青花瓷一样的东西
她想听到"砰"的一声
在破碎的忧伤里
闪着犀利的光泽

她说 要学会睡
要睡得真实 平静
拒绝眼泪 不满 仇恨
睡觉是一件多么值得感恩的事
就是在睡梦中死亡
也是值得称赞推崇
睡觉与死亡只是互仿 戏仿

卖鞋子的妹妹

我的十八岁的妹妹
在十八年前　辞去乡村小学教师工作
她像赴一场约会似的
离开了我们这个不冷也不热的地方

多少年后　她和妹夫开了一爿鞋店
有了孩子　买了房子　雇佣了工人
她上午卖鞋　中午数鞋　傍晚进鞋

她和妹夫就像两只鞋

第三辑　我的耳朵

一只向左　一只向右
鞋子被他们一双又一双推销出去
卖不掉的这一双永远在闹着别扭

鞋子在店里进进出出
她的嘴里说的是鞋子　怀里揣的是鞋子
大风也舍不得关她家的门
似乎一关门　就再也走不出一双鞋子

妹妹穿着宽松的服饰
穿着自家进的鞋
她不和我说品牌首饰　不和我说身材年龄
后来她起身　给我找了一双鞋子

有一会　她问起那些孩子的事
问过之后　她的眼睛就盯着那一双又一双的鞋子
这些鞋会一双一双走出去
妹妹在这个店里转来转去
似乎是一双不会走路的鞋了

当医生的妹妹

我们以为妹妹还像小时候一样听话
可是她还是去了远方
可能那个地方　更需要一个像她那样的医生吧

妹妹的手指细细柔柔的
妹妹的话语也是细细柔柔的
那个地方　叫做精子和卵子的结合物
在她温柔的目光里　都慢慢地睁开了眼

妹妹不需要打扮

第三辑 我的耳朵

因为心灵是不需要打扮的
妹妹不需要去争什么
有什么能比一个婴儿给予人类更多的呢

她们幸福着 猜忌着 脆弱着
她们笨重又庞大
妹妹总是在她们需要的时候及时赶到
并且轻轻地托她们一把

多少年后 她们中的很多人从她身边漠然走过
多少年后 也有人一眼将她从人群中认出
并且亲切地称她为 大大

电信局里的弟弟

弟弟很久没有和我联系
可能他又去推销手机

大街上的人　随手就掏出一部手机
他再接着推销　就很难了

弟弟的电话号码本密密的
弟弟很少找他们
那些从电话号码本失踪的人
才是他最关心的

第三辑　我的耳朵

弟弟忙着架信号　分信号　送信号
一些风声　一些水声
一些非人类语言和符号
都蹲在半空　急等着投胎
这些弟弟不是不知道

面对着面　弟弟也很少和我说话
他的手指不停地推动着屏幕　推动着地球
他的手机有明显的指印和划痕

弟弟边接手机　边走回了
弟弟　这个世界我们需要这么多的事情吗

旧病复发

旧病复发
只得去看医生
医生说　最好的医生是你自己

站在秋天的路口　我抱紧自己
这个世界可以什么都没有
唯独不能没有自己
虽然我以前那么害怕地看到她

第一次　和自己并排坐在一块

第三辑　我的耳朵

现在我们是姐妹　兄弟　情侣
第一次　自己像个落魄的孩子站在我面前
而我竟尴尬地难以相辨

第一次把手搭在自己的肩上
告诉她说　我依然爱你
我会一遍一遍地爱下去
我开口是这样说的　听到的却类似谎言

自己是如此地平静
自己说　请放下自己吧
就像轻轻地放下一座山
自己却从不肯单独走掉
自己用沉默　诠释　种青铜般质地

我对自己说　我不是一个难缠的孩子
我只是一桩　深陷在幽暗里的小麻烦

我知道你为什么是白色的

其实　我并不太相信那些病历
我更倾向于白口罩后面
那神圣的嘴唇　和深邃的一瞥
我觉得它们才是我的真相

如果我们不相信他们
我们又能相信谁
跨过时光弯曲的巷道
我们总会和他们不期而遇

第三辑 我的耳朵

可是那一排又一排倒下的树影
能否被救治
黑夜已来临　那巨大的黑暗
又能否被一节一节支撑起

在暗夜　我是黑色的舞者
我身上每一平方微米的黑
都在诉说我的伤痛
这如果也是病　又是否能被救治

我知道　有一副黑色的担架在等着我
有一面黑色的旗帜在召唤着我
天色已黑　兽群出动
杂沓的脚步　已经有了微微的兴奋

我知道你为什么是白色的了
你以一缕阳光的名义　命令黑暗退步
你以一片春风的名义　震慑阴霾止步
也只有白色　才最懂得低处与暗处

在光里奔跑

我已经把悲伤喜欢过了
我没有离天堂更近
离地狱　却已经远了

如果上帝不爱这个人

如果上帝不爱这个人
那么给她一份她不喜欢的工作吧
让她像驴子一样绕着木桩转
磨房里开不出鲜花
也没有听她歌声的人

如果上帝想要报复一个人
那么让她和他去争吵吧
多少次　她都说可以到此为止了
可是女儿　母亲愿用一生的碎片

在光里奔跑

为你烧一只陶
你父亲愿用一生的积蓄
供养你一世的爱人

如果上帝想要遗弃一个人
那么让她到灯下去寻找吧
让她成为黑暗当中最黑的一个
让她成为一地碎砖中最碎的一块
让她一生都是个蹩脚的搬运工人

如果上帝不爱那个人
那么就让她这样辛苦一生
让树木去接替她的位置吧
让她走过的这块土地
把她退回天空

第三辑　我的耳朵

我要想一个地窖

我想要一个地窖
不是存放萝卜　也不是存放芋头
我来存放我自己

我在这里安静地看书
我再也不用考虑房子的事儿
我在这里埋头写诗
我觉得这才是人类该干的事

地窖上爬满松萝

在光里奔跑

有一两枝垂在我的窗口
我还是需要一扇窗的
窗口有小鸟僵直着双腿　拉着引擎一样飞过

这是地球上最小的一扇窗
也是地球上最弱的一盏灯火
但是它不会熄灭
特别是太阳不在
月亮和星星又都躲起来的时刻

我写诗的时候
太阳和小花安静地伏在我的脚边
我不写的时候　我就爬上窗台
把它当作奶茶一样卖掉

如果如果　我连一份都卖不掉
我就把自己打扮得很漂亮
我香甜地搅动着杯子
邀请太阳　小花　月亮和星星一同喝

第三辑　我的耳朵

姐

你说你累了
在山坡上等我

路两旁林木森森　香风阵阵掠过
石阶弯弯　诱我独自前行
渡我到神的部落

云知道我来过
佛知道我来过
也一定知道我说了些什么

在光里奔跑

可是直到我又见你时
我的心才又那么的安妥
充满了前世今生相见的快乐

我一定看见了很多
再回首时已如层峦　错错落落
只有你在山坡张望的神情
多年后我依然看得着

第三辑　我的耳朵

我的耳朵

耳朵的意义　无非是让我们听话
后来发现　听不听话
还是判断　是否是一双好耳朵的标志

我的耳朵不呻吟　也不变形
它只是不再吐故纳新
它在思考
它想储备足够的安静与能量

贴近一些　再贴近一些

在光里奔跑

世界却把我推开一些　再推开一些
第一次　耳朵不再像蛇
它的舌头　抵达不到岁月深处

我希望有一万台收割机
收割掉这万籁俱静
收割掉这四野狂静
这病态之美　如此辽阔天真

耳朵听见内心呼喊
那些呼喊像跳蚤　疯子
耳朵依然和世界保持着冷距离
它用安静表达对生活的爱与恨

愿意为耳朵
在悬崖深渊前跳下去一次
我无法像一双坏耳朵
还能那么淡定　超然　从容

钟声消失

第三辑　我的耳朵

浊气上升
岁月泛着冷冷的笑意

没有一双好耳朵
我能否　否极泰来　明哲保身

父亲的耳朵

我的耳朵里的水　流干了
父亲的耳朵　是山洪暴发

四面楚歌　威震八方
如雨打窗　寒蝉待毙
父亲的耳朵是袋子
收拢这些声音　扼紧这些声音

父亲在这场热闹里蛰伏很久了
他每天给耳朵念几行卜辞

第三辑　我的耳朵

父亲的耳朵一点也不难堪
它的显摆功能还是那么强烈

父亲擦亮过匕首
父亲也扣动过板机
他希望这些声音
能给他猛烈一击

父亲不怕死　却怕变天
天一变
大风从耳朵里呼之欲出
闪电从耳朵里呼之欲出
父亲的身体似乎想记载下
天地间所有的悲欢

父亲却不让这一切浮出水面
不让人知道他深陷泥潭
不让人知道他比飓风更剧烈
他比耳朵更擅长掩饰

在光里奔跑

父亲　让我们都放下心中的屠刀吧
我用我的安静　护佑你的一生
你用内心的陡峭　为我立一座碑
让我不论何时　都不会悄然离去

第三辑　我的耳朵

你说　今天要来

你说　今天要来
后来又说是明天

所有的轻快霎时都拢起翅膀
天空仿佛也要下起雪来
冬天的日子很冷　很漫长
这一天寒冷漫过地平线

不来就不要来吧

在光里奔跑

你知道我不会说话
小城找不到一朵像样的花
我怕我会站成路头的那棵树
因凝视　因紧张
而成风口的独一无二

可是　明天你还是要来
我还有很多事情没有准备好
比如一条红围巾　一场开场白
还有暗藏在天地间
不可以让人觉察的那份失态

第三辑　我的耳朵

蓝色妖姬

所有的夜晚都逃匿了
只有那晚　开成一束黑色郁金香

我像一个进城的乡下女人
左手提着红枣　右手提着温暖纯静
请不要笑话我
我是这个都市里
最宜人的绿色食品

风吹不动城外暮色

在光里奔跑

城堡内灯光　开成一片匆匆
请不要记挂我的去向
就像不要询问
一只燃着烛光的萤火虫

你用一丛一丛黑色郁金香来迎接我
我是北半球
最难寻的那枝蓝色妖姬
开成温顺

第三辑　我的耳朵

唱《圣经》的女人

不小心推门
走进一群唱《圣经》的女人

她们集体抬头看了我一眼
像一群半老的绵羊　眼里闪过灰色温情
她们并没有停止大声歌唱

她们坐在黑屋子里
阳光从罅隙间落下　雨珠在头顶闪着明净
她们像落了一地的老枣子

在光里奔跑

棕红　甜透　充满金汁

像是坐在神的脚边
自己就是半截神柱
她们的歌声从半空中探出头来
四周一些金色的小虫子在飞舞

可是我还是走掉了
我怕歌声戛然而止
她们重又变成灰老的绵羊
失去恩宠

出门在外的人

透过北边的窗台
我看到你的行囊
接住今冬最后一片树叶

我喜欢看着你离去
你的背影远成一条小径
太阳和月亮时常栖息在上面
背阴的小窗
独自幻成一位有着潋潋时光的水雾美人

在光里奔跑

高高低低的脚步
从此是高高低低的琴弦
天空也曾落下　天籁的雨点
黑暗独自坐在自己的影子里
如果我握一柄金质钓杆
能否钓回一枚银色弦月

其实我怕你走近我
怕看到你的风霜和我心事一样多
虽然你说　你已收起你的桅杆
可是我知道　你还是放不下你的船

你就站在那里　不要动
时光　还是一步一步把船推离岸
时光催人上路
时光没说　自己也是一场空

有时我站在树下
正好接住一两片树叶
那是什么样的两片叶子

第三辑　我的耳朵

不愿再固守天空
它们在天黑前　如期抵达家园

我的屋顶有满满一树的叶子
它们还会一年一年增多
只有到冬天　它们才会齐齐落下
可是年复一年　我会变老

可是又有什么样的等待
不可以等呢

冬天的鸟巢

只有在冬天
我们才能看到那座小小的庵子

树木精致的小叉子举着你
我能想象到它爱怜的眼神
那棵树为你升高　再升高
那棵树　将你送到太阳眼皮底下

也许只有几缕金线
太阳还是为你编织一道金色弧纹

第三辑　我的耳朵

寒风只能像浪花　扑打树林
你是那片林地　唯一的一个果实

总觉得那是一个脚印
重重地踩下　隔了一段距离
我又看到一个
那是谁呢　深夜来拜访此地

冬天　我要做那只小庵子
端坐在太阳底下　远离尘埃
我要把思想存放其中

左眼　右眼

怎么样让左眼流泪
而右眼欢笑
怎么样让右眼流泪
而左眼欢笑

如何让前脚跨出
而后脚退回
如何让一只手
抚摸自己冰凉的手背

第三辑 我的耳朵

这也许不是爱
也许从来就没有爱
但是天空
从来不收留一只折翅的鸟

长 城

长城　皱褶一样一折一折向前探路
长城在弯曲中　力求挺直脊梁

长城一会走失　一会返回
长城牢牢盘踞历史深处
那些折断的弓　那些呼啸的子弹
那些风云突变　万马齐喑
此刻它们都静卧山岗　长城在时光里折戟沉沙

我试图理解这个家伙

第三辑　我的耳朵

理解它刻着经文的骨头
理解它一地的歌哭
理解它从刀光剑影中闪身
任凭青色胡须和藤蔓轻易攀上额头

长城用不变的方式　行走在时间之外
年复一年　它探寻着流水和野花速度
它仿佛带着使命　穿过繁花
长城的春天是这样迷人

四面八方的风　仿佛要给它一场洗礼
风像刀子一样切割它
长城躺在自己的身体里　静观默立
长城从不逃之夭夭　它背负自己与生俱来的责任

每当大雨如注　长城也很脆弱
一种漫无目的的坚守　走向远处
长城在那一刻又加深了孤独

我登上了长城　幸福而又悲怆

我没看清长城的模样

长城只闪了闪身　瞬间就把我收服

第三辑　我的耳朵

滕王阁

拐个弯　再跨一座凌空的桥
就到了滕王阁

阁迎风而立　昂首高歌
八风是它的翅膀
它鳞次栉比的身体
铸满铜铁的愿望

眼前都是些看戏的人
自古登上这高阁的　只有两个人

在光里奔跑

一个是帝王的子孙
一个是溺水而亡的诗人

落霞与孤鹜齐飞
秋水共长天一色
嘈杂的人群中
一只水禽　与它保持最近的距离

扑面的江风　低飞的流云
它逍遥九宵
我也任凭大风把我吹送
我是一个来寻王气与文气的人

爆裂的硝烟　喋血的江河
生过了就死　死过了就生
这些意思它都能表达　也都懂

落日的余晖里
它再一次用肃穆掩盖自己的真容
不知道宿鸟　能否抵达它的真身

第三辑　我的耳朵

它立在那里　风云际合
它不立在那里　依然会用孤绝
支撑起那片破碎的天空

登庐山

站在雾状的冷里
抖一身尘埃
庐山更深沉　更立体　更印象派

站在高处或跌进低谷
越是沉默　越是生硬　越是接触到内心
这用刀子和斧子凿出来的
大起大落的人生

我相信险象环生是真实的

第三辑　我的耳朵

我相信缺陷是一种美德
我相信越挫越勇是真实的
我还相信从低处爬上山头的树与水
都是缘自同一家族

雾已遮蔽很久　雾也失控很久
雾在制造偶然瞬间
在偶然瞬间面前　我们不敢挪动半步

伟人　诗人　游僧
建别墅的蓝眼睛大鼻子的外国人
不一样的步履　不一样的花径
庐山更难以收拢

其实　不用读懂
也无需为它穷尽一生
一生只为到这透明地展望一次
一生只为到断垒　角峰前做一次不被看见的迷失

庐山不沾染谁的情绪　庐山也不为谁所动

在光里奔跑

庐山在我们走后　又活成雾的面容
它最会幻想　也最飘泊不定

梦李白

他用西域秘术　让白骨复活
让自己复活

他伫立在唐朝　仰天一笑
像个顶天立地的华表
唐朝从此不再血腥　风雨飘摇
唐朝一脸恣意　丰肌秀骨

心里总是被异常的力量填满　一个人步履零乱
逐客　浪人　饮者　谪仙　捞月

在光里奔跑

这个无根的人
做着成年之后　我们不敢做的游戏

像一叶小舟　他扎进江湖
一生都在险恶中行走
他又似乎忘记所有险恶
他高举一颗燃烧的心
他原汁原味地活着

迟早都得因为那只靴子离开
迟早都得像靴子一样　自己离开
离开之后　他低于大地　高于苍穹
他用月光　星光打开自己

不用转身也知道　那些人会轰然倒地
或者排着队去死　他们死在黑暗里
他怎么能守得住他的死呢
就像花守不住香气
他的死亡里有幽蓝的气息

第三辑　我的耳朵

黄河之水天上来
自从他说过这句话
黄河的水就一直从天上来
黄河再也无法断流
它需要维持自己的形象

这个异乡人　一直在千里之外
只有老杜曾把他领回梦中
他还看到他出门搔白首的样子
这一切需要多少温柔　才能托住

中秋望月

这样的晚上
我害怕说出一两句悲伤的话

独立是美好的　自由也是美好的
你看月亮从不禁锢自己
并且美好的事物都不愿意出声

它像鳏居的老人
既不肯履水履风
又不肯下落不明

第三辑　我的耳朵

它把自己埋在滞重的河水

总是背负托付的美名
那些薄的　厚的
那些比火焰还温暖的酒意　醉意
那些憩息在月亮深处
滑腻腻的　不同厚度的石头专著

今夜你依然想用天马行空
点燃我的虚幻梦境
但是轻风之上　我已没有了欲望豪情
请不要说我的月光已躺在地上
你看今晚多少诗人
都成了荒凉的坟冢

飞来飞去的
黑天鹅绒般的头发已经泛白了
而你只在自己的版图上平静地盈亏
其实　你只在倾听自己
倾听自己内心的河流

在光里奔跑

我如何还能相信
仁慈与美会从天降临

你用沉默应对我今夜说的话
你也用沉默护佑我的一生
也总是用沉默啊
应对时间之锤的敲打
一切都是处理过的表情

第三辑　我的耳朵

佛　说

一

烛台上千只烛　在无声无息地叙说
四耳的青铜鼎里　灰烬揉满灰烬
背着香囊的妇人　躬着身子
黑头巾里　我感受不到她的气息

千年的佛龛　在四壁闪着金色寂静
怒目的护法　掌管着天地万物
一半在天上　一半在地下

在光里奔跑

我佛慈悲　端坐正中

深夜当大殿最后一炷香　木然倒下
那我敲哪一只木鱼
你会应声

二

佛在下山的途中　时隐时现
佛在扶危济困中　临危不惧
佛　不食人间烟火

如今佛光普照每一块风水宝地
佛塔在白云深处摇动
万能的佛祖　有时也站在山颠
接收风雨教化　点悟

这一定不是佛的意思
可是佛做不了自己的主
佛在佛的世界里　轻声祈祷

第三辑　我的耳朵

淡水小镇

假如这里的夏夜
还能容我稍稍停留
我还会像现在这样
静静依偎这港湾

淡水溪是条河
它正在涨潮
一下一下冲着堤岸
对面是观音山
观音山卧在一排金色竹筏上

在光里奔跑

一颗又一颗
这是青青的楝枣儿吗
这里应该是红树林
水笔仔的故乡啊
难道有楝枣树一样的女子
找到过这里
还是说它曾经有过一段
青楝枣树时光

在一束灯花前我站了一会儿
在另一束灯花前我又站了一会儿
繁复的文字　陌生的纸币
像手里的佐料瓶
摇出异域的味道

其实　我更希望遇到一个戴斗笠
穿花衣的女子
和我一起谈一谈她们的淡水小镇

第三辑　我的耳朵

黄　龙

我不敢再看一眼
我怕眼神也有污染

那是从孩子的眼神和上帝的眼神里遗落下来的
偶然对视　再一次对视
相互交融　理解

一个海子　又一个海子　一连串的海子
从半空滴落
孔雀蓝　深绿　明艳

在光里奔跑

草长在水里　树长在水里　格桑花开在水里
它们把海子包围起来
它们说　嘘　探险的双腿请来这里探险吧
不要惊动那里的神与幽灵

雨　这天上的俗物儿　秧苗似的栽下来
池塘边多了一层白色台布
在扭曲的故道里
它们是翻着醋意　不甘心离去的黄龙

一切都是那么不可能
在深谷的顶部　在大山深处
在茂密的原始丛林
一切都是那样不该发生

跨千重山　行万里路
一切都已落到实处
只是　只是我绝然转身
在来生来世里　我希望用一颗单纯的心
再来重逢

第三辑　我的耳朵

加水的老阿妈

整整一个下午
我没看到一只鹰
但是我认为　这个地方只应该有雄鹰

这条进藏的线　还在思维敏捷地寻找出路
路两边是一些骸骨
人的　兽的　山的骸骨
黑暗加重了死亡的气息

一只牦牛诧异地看我一眼

在光里奔跑

另外几只则像静止的石头
我向前看看　又向后看看
除了还有一只叫做月光的牦牛

五块钱加一桶水哟　五块钱加一桶水
一个盛装的藏族老阿妈
不知道她在这里等了多久

小陶罐

那么大的一个海
一个柔弱的生命　走出自己的空间
它能到哪呢

我弯下腰的时候
注满水的小螺正好在海的唇边
像一个彩绘的陶　不停地被海水托起又抛下
陶上刻有建造者的高超与灿烂

一个文物　一个遗址　一段爱情

在光里奔跑

老人般的耐心　天使般的微笑　上帝的恩赐与大度
然后让它们下沉　下沉
让一切美如轻烟　在大海深处

谁能看透大海的心思呢
无所不在的覆盖　无处不在的狂野
一切都像浪花聚拢　一切又都瞬间熄灭
就像我身后的岸

海边只有我和小陶罐
我应该把你放回到哪里
深海还是陆地
你优美地拧着腰身　湿漉的长发披着安然

那么圆润　那么乖巧
只是为了让我伤感地看上一眼

第三辑 我的耳朵

汨罗江

让我把棕子再次投进水中
让我再酌一瓢雄黄酒
汨罗江　今年你要告诉我
楚国的三闾大夫　究竟去了哪里

放逐　放逐　河水你已经把他放逐了两千多年
你还能把他放逐到哪里
他死了
从他死的那一刻
这条江从此铺满菖蒲与艾叶的味道

在光里奔跑

满江都是《离骚》《天问》《九章》《九歌》
这条河再也无法流进历史深处
在暗夜　它拨动晨曦
在彷徨与犹豫的荒草滩头　它拍出惊天巨涛

汨罗江　让青山低头
让蒹葭郁郁苍苍
汨罗江的歌谣是那么清晰
汨罗江让走过的人　都有一丝生动与光亮

第四辑

那天晚上

村　庄

村庄一闪而过
我的眼睛被猝不及防地撞了一下

掩不住的灰黄　灰暗底色
固执地生长砖头　瓦片　泥巴
村庄却不懂得深沉　风一吹它就绿了
风再一吹它就长高了

沉默寡言了大半辈子的人
如今选择在阳光里坐着

第四辑　那天晚上

它们像静物　守着炭火　一动不动
如同沉默寡言了大半辈子的村庄

这个和我生命有着亲密联结的地方
如今越来越空了
有人窃走早春浮云　有人窃走铜质月光
有人窃走连绵咳嗽　有人窃走辗转叹息

村庄的后面　还是村庄
村庄是岁月的脸
是大地上坐着的古旧愿望

在异乡　我把燕子看作是故乡的
把一根草　一棵树
一场大雨看作是故乡的
那个把黄昏踩得高低不平的老者
也是故乡的

村庄　无论我在与不在
你都能很平静地从严寒走向春天

村庄在土地深处
或在我们身体某个部位　发出声响

第四辑 那天晚上

在雪花飘落的夜晚

在雪花飘落的夜晚
让我把死去的朋友　默默地珍念
冰层冻土　隐忍饱经忧患
没有灵魂的躯体像根木头
你介不介意　一场大雪再次将你埋葬

在雪花飘落的夜晚
让我把尚存的朋友　默默地珍念
世界啊　总是越来越老
朋友却是越来越走进心田

在光里奔跑

今夜雪野如此辽阔　他们却陈旧　温暖又摇曳

在雪花飘落的夜晚
让我把树木　默默地珍念
夏天里　幸福的头颅太沉重
而现在　它们顶着一方天空
晃动的身子　没有声息　布满悬念

在雪花飘落的夜晚
让我把小径　默默地珍念
我不知道小径携着雪花去了哪里
我只知道　小径是个医生
治好了我的失忆与失恋

在雪花飘落的夜晚
谁把我　默默地珍念
在低头与抬头间　花已开了数万重遍
持续地让深与静　将自己掩埋
妆容潦草　容颜尽失是今夜我对雪花的感觉

第四辑 那天晚上

中秋回乡

一

月亮在这一天圆很重要
它在今天 必须要找到你
回去是不可避免的事

有一条弯弯曲曲的小路是必须的
有一桌橘黄的灯火也是必须的

谁在出发时的路口 华丽出场

在光里奔跑

谁在小巷里　悄然避开自己故人

悄无声息的细节
被月亮藏得很深

在庭院　我仰望自己的前半生
也明亮也暗淡　也柔和也冷硬

月亮完美得近乎苍白
它诉说的是江山社稷　家国命运

我希望它能抓住我
可是　它在天山之外
我也在天山之外

多么饱满喜庆　或者孤清
其实在我们　都只是一个转身

第四辑　那天晚上

二

月亮是传说中的经典
它在短暂中　开出灿烂

可是母亲　这一天我不太方便去看你
我假装是别人家的女儿
我假装忘掉自己的姓氏
我走在另一条回归的路

不仅如此
我还不能给你养老送终
不能送你走完最后一程

女人　大概要像月亮一样吧
耀眼是她的品质
约束是她全部的形象

隔着光阴　似乎是踩着绵空

在光里奔跑

我还是希望能见到你
仅仅一公里　这也许是世界上最漫长的路途

我们都坐在小板凳上
我们都在走下坡路
只是你败退得太厉害了
连时光也扶不起你的影子

你那样地不安　不停地催我回去
都是老女儿了
你还是担心我过得不顺

你塞给我一把红薯叶子
你牢牢记得　它能治愈消化不良
唉母亲　一把红薯叶子
它能治愈得了世上什么

第四辑　那天晚上

彼岸花

它用尽地狱的红
在黄泉路上点灯

它自甘堕落
给往生者　安慰超度指引

开一千年啊　落一千年
这冥界唯一的花
守护的是生生别离

在光里奔跑

它穿着经年的红与白
在傍晚　它突然从黄泉路上扑过来
在山坡在草地
它是来治病还是索命?

它波澜不惊地开放
我能感到它内心的魔力
隐秘的能量

这世界　确实有一些不可思议
随处发生
这世界　似乎谁都可以自由抒情

是毒药　还是神明
是无所求　还是有所求
是该肝肠寸断　还是不动声色自顾走过?

这世界需不需要　它如此多情?

第四辑　那天晚上

蒲公英

蒲公英　蒲公英
我们去采蒲公英
采了蒲公英　好去给姐姐治病

黄色的小花　艰难地从泥土中钻出来
黄色的小花　不因干涸而露出愁容

到处都晃动她金色的小帽
仿佛她是上天派来的使者

在光里奔跑

姐姐姐姐　请不要像蒲公英那样去播种
姐姐姐姐　来年请给自己找一块松软的泥土

贫穷的姐姐不说话
贫穷的姐姐　只是捧着那朵仅有的吉祥花

第四辑　那天晚上

荼　蘼

荼蘼　小心地在城市开放
荼蘼　让每个房间重回春梦

极尽内敛　极尽张扬
唯山风呼来　方可呼应

穿枝拂叶的姑娘
长裙上粘着花瓣　足踝上缠着魂香

唉　末路之美

在光里奔跑

据说此花寓意　分离　悲伤　死亡
据说此香可唤回前世的时光

我可不可以理解为
开到荼蘼　只是重生
爱到荼蘼　只是放下？

开放　开放　在一个又一个数不清的夏季
开放　开放　在我一生仅有的时光

第四辑 那天晚上

内心深处的村庄

像一粒黄沙　我们被风挤进去
又被推出来

梦的可贵之处　在于舒筋活骨
梦不能信手拈来　梦深不可测
梦也无需挣脱　它自己会突发猝死

梦藏在一棵大树的后面
或藏在一棵大树的上面

在光里奔跑

守夜的人也进不去
那从树下出走的孩子
他们从未抵达过远方

世事难料难缠　我想回到梦中
展翅高飞的愿望　失魂落魄的样子
在梦里左右征服　在梦里自投罗网
梦是一件守口如瓶的事情

天黑了　我想把自己藏在梦里
藏在梦里的人最安全
风吹着那里的轻　也吹着那里的重
这深处的深　这远方的远
这一轻再轻　嵌入石头　被守护的心愿

活着的生命　总该要有一些水分
梦是我们内心深处的村庄
我带着灰烬进去
带着火把回来

第四辑 那天晚上

麦 子

一

大片麦田　在我面前一分钟一分钟变黄
它们用一种缓慢抵达深远

无需提醒
不由自主走近一步　又走近一步
一种淡淡的成熟的男人味道

所有的男人都不会给我如此沉静

在光里奔跑

除非麦子
所有的男人都不会给我如此深眠
也除非麦子

如此相似　又如此迥异
一棵一棵
一下让江山改变颜色

那些在麦地中间躺下的人
也仿佛在为麦子的生长
暗暗出力

我是一个离开土地的人
我看一眼这些低矮的作物
就把它称作父亲

二

能和麦子说话的人
只有他们了

第四辑　那天晚上

一年又一年　他们把土地翻了又翻
他们在黄昏中　反复陈述
在农历里大口喘气
他们把情和爱播撒了一地
这些把麦子搂在怀里的人

六月　在隆隆的机器声后
我咳咳地从城市的北方走到南方
我又咳咳地从城市的南方走回北方
那些幸福的鸟雀也从麦地中间飞过来
它们也不知该飞往哪里

让我们　还有那些鸟雀
一起来扑灭这场大火吧
让土地不再焦灼
让麦秆不再屈从火的淫威
让村庄不再关紧大门
人人梦里只有炊烟与清辉

在光里奔跑

在我们和麦子握手言和之前
能和麦子说话的人
只有你们了

荷

一

傍晚时分　我遇到一群荷

那是周敦颐的荷　是朱自清的荷　是余光中的荷
无数的文人写过　恋过又叹过
我刚刚遇到的荷

主人哪里去了
想是云游四方了吧

只留下几只鹭鸶悠然自得

正是采莲季节　我没敢采
我怕轻微的骨折　惊醒一场好梦
引起一场风波

啊　如果它醒了
幻化成人
那该是惊喜　还是罪过?

就这样想着　暮色已深了
总觉得这荷会熠熠生辉
总觉得会有一场宴会　等着我去

二

湖水在无言中收拢
几支荷打破宁静
她们轻而易举地摘走了这个清晨

第四辑　那天晚上

带着流水的嘱托
撑开阳光　撑开霞光
也撑开暗藏在我心中　几近失传的牵扯

水的容颜　水的呓语　水的魂魄
像一个愿望　若隐若现
水一定忘形了　才开成这般超脱

不小心又遇到你　我依然这么惊讶
惊讶你和上次如出一辙
倘若我涉水而过　我还能不能找回昔日的光泽

近水楼台　我是能得月　还是能得你
站在水边　你站成婉约
我站成一世情缘　一世孤单

寂寞的时光里　一次次打开自己
给恍惚以清香　给岁月以颜色

菊花开了

那是一堆堆香雪凝聚的地方
那是一堆堆明艳凝聚的地方
那是宁静　愉悦　幸福生长的地方
它们叫菊　是太阳的女儿月亮的花瓣

小小的心　攥足了一把爱
喊一声　惊得天地亮
释放释放　只说今生无悔
不说经年沧桑

第四辑　那天晚上

采菊的男孩依然在
不知道今年他将一笑　簪在谁的发上
我的长发已收藏
为我采菊的人　已漂泊在他乡

菊花点点黄
今年谁和我一样
我已将岁月摊开　我的小径上
不经意簪上菊的豁然　菊的淡泊开朗

这些神明的孩子　已点亮了灯
我们沿着开满菊花的路
一定能够找到天堂

茶

一双素手　错采了万种风情
一手沧桑　将万种风情揉成某种命运

月光杯中　我喊一声　你们都会答应
你这爱与疼的花朵
簇在一起　就是一杯叹息　一杯千古之谜
而我懂你　是用语言　是用目光　还是用流淌的竹笛

很多时候　我瞥一眼就不再渴了
我只能品

第四辑　那天晚上

我品山中岁月　我品月亮清芬
我品山歌　我品山泉　我品春色春风

每一柄都在极尽地释放
每一粒芽都在诠释生命
那香一定是萦绕心头的
那甘冽藏着某种宿命　某种眼神

在月光无法抵达的地方　你抚慰我的躁动
超脱的感觉　如泉水淙淙

乡村的冬天

是冬天了　太阳感冒了
阴霾常来
灰白的天　长久地注视着村庄

乡村的夜晚很冷很漫长
月亮露出骨白
鸟声被冻结了
沉默的林　一只手握另一只手取暖

雪花与麦田亲密接触

第四辑　那天晚上

雪花在牛栏　农舍边诂着年
雪花抹平伤痛
村庄　在一幅黑白装饰画中

南村的姑娘嫁到北村去了
更多的姑娘和小伙　领回他乡爱情
这是村庄最富有的时候
家家的灯火　见证了老人与孩童少有的笑容

我是外乡人　我一无所有
除了脚下那条通往回乡的路

秋天的柿子

秋天的柿子　火火的
在半空　堆成祭品
堆成神圣

最害羞的一个　躲得远远的
太阳一来　它的脸更红了
天空也就更蓝了

用微醉的光　用酒后的颊　用醉了的心
互相守望

第四辑　那天晚上

在无声的世界里
甜意流了一天一地

秋风吹瘦了树　露出一叹三咏
秋风一次次试探我　我只能一步三停
我采了满满一篮的果
在秋天里　我要把步子走稳

冬 夜

夜晚　有几次我打开窗
我总认为是在下雪
因为太静了　静得让我的眼睛有些不安

土地已陷入深渊
深渊里冷冷地亮着　几粒银白
白沙的小路上　只有月光在泅渡
冷静的光芒　穿透亘古岁月

水长了骨头　路长了骨头　风也长了骨头

第四辑 那天晚上

树木站成濒死　果实在风中爆裂
今夜路上无人
我不担心谁会从马背上掉下来

今夜如此地冷
我为灵魂找了一个温暖的住所
于是　我去读诗
读诗让孤寂寒冷　黯然失色

栀子花

没有谁　能像栀子
爱夏爱得那么深沉

清晨是风在吹　还是自己迫不及待
一朵又一朵
我傻傻地猜
有没有一朵　为我而来

昨夜谁的手指一旋　旋一缕指香
谁的手指又一旋　一朵花要开

第四辑　那天晚上

我来了　它们停止举动
我走了　我听到它们尽情在喊

它们尽情在喊　它们喊长了季节
它们喊香了岁月
它们把雨水喊得活蹦乱跳
它们把我心思喊得青枝绿叶

当街头不再有卖花姑娘的背影
夏的眸子　也变暗了

在城市

在城市
我们不需要种地　就能养活自己
我们不需要抬脚　就能走更远的路

城市不需要种麦子　城市堆着面
城市不需要种果子　城市堆着果子
城市不养鸡　鸡太脏了
城市需要花

只要一个眼神

第四辑　那天晚上

那些花以及那些叫花的女子
就会在城市的各个角落　煽情地开放

城市有无数的轮子
二个轮子　四个轮子　一长串轮子
这些不安分的脚　瞬间弹出去　瞬间收回来
它们把人搬来搬去
把城市各个部件搬来搬去

城市像吸盘
吸天地灵气　日月精华
也吸污浊　锈迹斑斑
一些东西在这里开放
一些东西在这里腐败
它们一层一层
把这个地方越垫越高

在城市里走路
看不见太阳　也看不见月亮　听不到风声
一张残缺不全的　灰蒙蒙的脸跟着

在光里奔跑

除了喇叭声　嗡嗡声
就是哗哗的数钱声

在城市　我们走在相似的人群
我们遇到的是相似的脸
我们像木头一样赶路
我们把自己的心紧紧捂住

第四辑 那天晚上

那天晚上

那天晚上　我们几个诗人一块饮酒

我们热烈地读诗　讨论诗
我们以酒为盟　为我们赚不到钱的刊物
黑夜潮湿浓重
我们的诗意一触即发

四十块钱的一瓶酒
一百六十块钱的菜肴
我们把自己感动得一塌糊涂

在光里奔跑

就像我们不在这个地球生活已久

饭后　诗人们回去
我的一个朋友殷勤地邀我上车
他可真像一位绅士

他的车子后面是一捆一捆的啤酒
车头没有挡风玻璃
他把双手插进车把护套
因我的颔首　他激动地忘记系上护膝

今夜　我们不再像蚂蚁一样贴着大地行走
我们穿过大地上的一些事物
也让大地上的一些事物穿过我们
我们的车行走在波谷　波峰
我们穿过的都是木讷的人群

他高声朗诵他的诗
而我一个劲地在笑
到底在笑什么　我也不知道

第四辑　那天晚上

那个晚上　我是这个城里最富有
最有情调的女人

其实　他真应该驾着一辆马车来
他挽着缰绳　念着诗
忽儿抽动一下鞭子
甚至还抽下一两片叶子

那时我相信
所以的窗户都会打开
上帝也会竖起耳朵
听听我们都说了些什么

街 角

街角　坐着一个弹吉它的孩子
他在弹自己的孤独

大街上的人　拖着影子在走
有的把影子投放在纸盒里
有的影子一闪而过

那个男孩信徒一般坐在那里
不看别人　也不看他自己
他的左边是孤独　右边是孤独

第四辑　那天晚上

他的孤独很肥沃　散发出陈旧的味道

有一阵子下雨了
那个孩子把自己坐成一块石头
他没有被雨水冲走
那个孩子似乎在渐渐复活

大街上的腿都在匆匆向前赶
时间一开始也想带他上路
后来时间放弃了　时间也怕被留下来
变成一块嘭嘭发声的石头
时间要去追赶前面更孤单的人

嘭嘭的声音像一个钵　把那个孩子紧紧罩住
在他旁边　几个伸长脖子的人
是幸福的

城里的蛙声

每次听到蛙声
总觉得它是摇着头在唱

这城里的蛙声
在深夜也只这么三两声
它让一个忧伤失眠者
瞬间回到记忆中

那个时候
蛙声如鼓　青草茂盛

第四辑　那天晚上

时间像一柄又一柄光洁的荷叶
在懵懂无知中　摇曳出初醒的欢欣

而今夜　蛙声也老了
你听它唤一声　歇一声
它已经没有太多的话要说了
在喃喃自语中　只剩下一个翻来覆去的姓名

请不要再吃了它
这是我们仅存的回家的路径

关于花

一些玫瑰　一些折茎的花
今天开在这里
过不了几天　就会和垃圾污水泡在一起

有人认出你的前世
有人认出你的灵魂
更多的人　木然地走过
他们从一个废墟　赶往下一个废墟

看不出有什么仇怨

第四辑　那天晚上

高一枝　低一枝
这将死之花　在傍晚如此浓烈

是光芒　是黯然
是蛊惑　是肃静
这取决于驻足　取走它的人

一些有故事的人
或者仅仅是一只酒瓶空了　歪了
它需要插上一朵花

日子从此复杂　或者简单
那朵花猝然离世　从此不见

面包店

我握有一把你的钥匙
想什么时候取走一块　就取走一块

有钱多么好
每块面包都是一张默契　相随的脸

我想把钱给那个种麦子的农夫
可是他只管种他的麦子
他很少到面包房里来

第四辑　那天晚上

我把钱给了一双年轻的手
这里除了老板娘
其余全是打工的姑娘
她们也同样需要

面包房在一个不起眼地方　嘟嘟冒着香气
这个城市突然不再冰凉　冷漠

我捧着一个面包走过
白天的繁重已变成手中香软一握
是白天的繁重让它变成香软一握?

这个城市　面包店可有可无
可是有时候
它们却突然挽住我们的日子和生活

城市的雨

城市路面脏了　树叶上落满了灰
电线上挂了一只塑料袋
城市需要下雨了
除此之外　城市需要雨做什么

城市不需要大雨
一些街道　一些隧道
一些桥梁　一些房屋
沉默着　坚守着　瑟缩着
它们不得不接受雨的敲打

第四辑　那天晚上

城市也不需要毛毛细雨
除了激起一阵尘烟
其余还能留下什么

城市的雨应该下在夜里
雨像一位隐士　在巷子里走
他加深了黑暗　加重了恐慌
但也治疗了一些人的失眠

黑夜里的雨
让黎明变白
让行走的人充满了想像

一棵枯渠旁的树

一棵树在枯渠旁　傻傻地站着
挖掘机　吊车　搅拌机　压路机　在压着声音密谋
没有人告诉那棵树　它在枯渠边傻傻地站着
它还在等一个花枝招展的春天

这巨大的　空旷的　寂静的躁动
麦苗们分明感受到了
它们侧身　移步　退步
麦苗们拥在一堵断墙前
不再接纳阳光　水分

第四辑 那天晚上

凹处嚼草的羊
有时失神抬头看一会儿

庄子里的人 在盖一些房子
在拆一些房子 在停工一些房子
有人在房顶上忧伤
有人在房顶上发呆
他们的嘴巴都关得紧紧的
仿佛一个机关 装着按钮

人们死死地盯着那棵树
那棵树抬高了天空 拓宽了庄稼
庄稼人的天空 不能没有一棵树支撑

我的田园我来珍藏
我的废墟我来重建
……谁在风中说过这样一句话

没有谁比 棵树更需要安慰
更不知道该怎么办

山

驻足　只有山能让人驻足

仰头　可以制造豪放
低头　可以自由飞翔
也可以目送　眺望
也可以制造野心　专制　颠狂

早期的水　早期的火
早期的苍苔　早期的翱翔
山让我们明白　缄默　退守　躬耕

第四辑 那天晚上

绵延不断　郁郁苍苍

太阳还从这里升起
月亮还从这里滑下
云烟升腾　流水迸发
思想从这里起步　智者从这里出发

山呀　你这大地的头颅
如果岩浆不再扭曲　洪水不再暴发
山在沉思　水草一般柔顺
山是多么可爱啊

两只猫在叫

深夜　对面屋瓦上的两只猫
在凄厉地叫

月光照在屋瓦上
一些隐姓埋名的人
一些隐姓埋名的气节和章节
都被猫们踩得簌簌作响

天空把自己的姿态放得越来越低
天空和大地想握手言欢

第四辑　那天晚上

天空的某次转动　诞生出月亮
看啊　月亮想落入风尘

风像水一样逝去
风像水一样潜伏下来
月亮像乳突下坠
猫们呆呆地看着这一切
猫的眼里藏着深深恐惧
它们走路有着明显的慌张

猫的爪子一端深入过去
一端指向未来
它能否说出这隐秘的前世
它能否破解这诡秘的一切
它能否知道
上帝布下的这枚爱情毒药何时发作？

猫们在颤栗　在左顾右盼
它无法跑题　也无处躲藏
猫们感到深深绝望
它们不得不大声痛哭

坐在橱窗里的女子

绝美的女子 夙愿已偿
终于投生在最富庶 最繁华的街道
在透明的玻璃幕墙后面
或傲慢 或低首 或骚首弄姿
更多的时候用得体 雅韵
风骨引得路人――注目

苦难由来已久
而她再也不用春耕秋收
不用在街头迷茫 流动 揽客 隐忍 迁徙 出走

第四辑　那天晚上

她甚至不用怀孕　圣女是不用怀孕的
上帝免去她做母亲的苦难
她一身光辉　安守本分　坐享其成

她像瓷器一样光洁
有着人类最初的疼痛
上帝本想把她做成瓷器
可是瓷器是泥做的胚骨
瓷器要的是世人的眼睛
而她要的是世人的心

上帝说　不要给她眼睛
上帝把美做到高处和绝处
终身与爱情无缘的女子
在深夜　最后一个盲者
还在一遍又一遍为她拉着情曲

后来　我在一个垃圾桶边遇见她
那个人先卸掉她的　只胳膊　然后是另一只
接着是双腿

在光里奔跑

最后搬掉她的脑袋
原来她是一个空心的人

这个穿了一世新衣的女人
最后没有罩一件薄裳

第四辑　那天晚上

日　城

惊世之作
没有哪一个朝代的城　能像今天
臃肿　华贵　散漫
与天空浑然一体

七步之内必有芳草
七步之内必有斗拱　重檐　迷楼
太阳有序跌下
大屏幕被人风刮到眼前

在光里奔跑

太阳也不能将这些建筑　从梢至根地照耀
月亮也不能将这些建筑　从梢至根地滋润
阴影随年份递增
谁能将这些赘物搬走
如同搬走一头头猛兽

行者　怪物　孤儿浪子
负重而行　特立独行
这里是红尘　江湖　世道
这里是征服　臣服　咸涩　失落

险象丛生的地方
能够吞吐红月亮的　蓝色星球上的巨大穴巢
这里没有醒来　没有睡去
这里是沼泽　一旦陷入无法自拔

我是一个单恋者
执拗地恋着这个地方
我是一个失恋者
这里注定不会有我的天堂

第四辑　那天晚上

我是一个失忆者

踩着硌痛　面露微笑　走向远方

夜　城

灯光出卖了夜晚
自从这个不明发光物　被发明出来以后
那些忘记飞翔的大鸟
就再也没有睡安宁过

那些失眠的人群
也圆睁着一双又一双
睿利的　饱经忧患的眼
他们注视着暗夜深处
注视着那些半截　半截

第四辑　那天晚上

或者已经颓然倒下的庞然大物

谁也照不透它们
就像灯光也照不透那些踽踽而过的
孤独者的内心
内心是不容易说破的
内心的本质就是隐藏

灯光却顶着一层象牙色
显出某种华贵
在这些巨人的黄色袈裟面前
各种暗物　失声打坐
或者隐身行走
不知道它们微闭着双目
真正的含义是什么

那是一棵又一棵死树
但是当夜晚来临
它们渐渐复活
它们在白天没精打采

在光里奔跑

现在却血脉偾张　似乎已经到达夜的底部

夜晚又像一只驯服的兽
发出杂沓　和不安的声音

第四辑 那天晚上

钱

这些钱　被人们捏着
每天付出去
又渴望着重新挣回来

这些流寓人间的王
老到满脸褶皱　老到步履不稳
人们依然崇拜着　信奉着　跟着
它们被人们捏在掌心　藏在口袋里
当它们在大风中渐渐走失
人们开始竞相珍藏

在光里奔跑

时儿悄无声息地聚在一起
时儿悄无声息地分开
这些王以哑默的表情
接受自己无限复制的真身
然后转世投生

钱能强壮我们的身体
钱有粮食功能
钱能治疗百病
有着药用功能

这些钱到底是谁的?
我捂紧我的口袋
攥紧我的钱包
钱还是在渐渐减少

蘸着体温的钱
有着包子的温暖
银行的钱有着钝质的

第四辑　那天晚上

神性殆失的脸
乡下的钱能吹出热烈的婚嫁
富人家的钱
能秘密画出他们的安葬位置

瞧瞧这是什么东西
黏稠的　滑腻的　粘着不明化学物
让我们摸过钱的手
不由自主地洗一洗
钱又是孤独的

偶 像

看到她们又一次走上红地毯
美艳　矜持
步步走出莲花

剥开她　那鼓突的豆荚
我听到有人在压低声音地说
不久她们成了服装代言人　首饰代言人
食品　药品　一切需要代言
以及一段豪门恩怨故事的代言人

第四辑　那天晚上

一帧一帧极为贵族　又极为平民式的微笑
被嵌在坚实的墙体
因灯光通透而鲜活
而成为城市的窗口　补丁
偶像的脸　承受着永恒的日晒　雨淋

有人把她们铺在脚下
她们青春的身子被人们一步一步碾踩
她们并不干净的脸　还像天使在笑

白的黑的棕的　紫的蓝的
仿佛混血品种
世人眼镜中的她们
满街都是她们虚无宁静的笑
无视一切众人存在

是娱人　还是自娱
是愚人　还是自愚
谁的脸窥视在厅堂深处
他们倾听世人的脚步

在光里奔跑

仿佛过江之鲤

她们是真实的吗
还是在不同的地方
做着不同的美梦
唉　在时光催人老丑之前
唯愿这流光碎影　无始　无终

总是能够在各种地方
遇到这种鲜红的微笑
一种历史深处的微笑
看客们疯狂　年轻人效颦
仿佛历史重任
刚好落在他们肩上

第四辑 那天晚上

银 行

银行要有银行的样子
要有台阶 有光亮的地板
有漂亮的大堂经理
银行要富人般 谦卑耐心的笑

没有无缘无故地放下
也没有无缘无故地取走
一切秘而不宣
那些钱什那一吗 就用也分不清谁是谁的
就如同正义和邪恶 往往亲密地靠在一块

在光里奔跑

谁的脚沿着台阶坚实而上
谁的脚又落寞地一步一步而下
银行从来不告诉你如何挣钱
银行从来不是谁的知己
面对流水般的过往
银行保持高贵的沉默

银行的东面是一堆破布
和一个破布一样的乞丐
银行的西面是一个四角凳子
和一个四角凳子一样的瞎子
上台阶的人　从未"当"地丢下一声响
下台阶的人　从未抽过一只签

乞丐银行瞎子　寒来暑往守在那里
银行的门口井然有绪
银行是一个富有人情味的领导

第四辑　那天晚上

太　阳

是大地结合　阴阳交会
太阳　从此成为众人的火把
众神之灯

太阳总是昂着头　领着风　领着宇宙
它偶尔还要挥挥鞭子
它要种好它的一亩三分水田

它覆盖着一个又一个朝代
在时间的游戏中

在光里奔跑

看它们从繁华走向衰败
看那些过往从得意走向失意
一字一句走向尘埃

它就这么走着　走着
把白天走成黑夜
把黑夜走成白天
它会不会　走走停停
它会不会　越走越慢
我们的地球会不会
全都慢慢落光了叶子

有过光环　有过荣耀
有过坚持　有过隐忍
那样地执着与坚定
有一种光芒　慢慢地从丛林深处漫过来

太阳也躲不过内心的孤寂与伤痛
你看它默默地吐着烈焰
是不是　也在倾吐内心的不快

后记

火车、高铁及其他

武 稚

经常在星期五下午坐火车回家。一次坐在候车厅黑压压的人群中，正心无旁骛地等车，前方电子小屏幕准点打出"K8432次火车 晚点未定"，坐在我旁边的两个人"唰"地站起，拔腿就走，我说，干什么干什么，他们说，赶紧去改签，改签过后就走，我说，真的么真的么，脚却不沾地似地跟着他们走掉了。坐手扶电梯下楼，走偏门，直奔售票厅退票、改签，办完手续，重新进站验包验身，奔二楼候车厅，五点零七分的火车刚好检票进站，看看旁边的站牌，K8432次火

后 记

车"火车晚点未定"那几个字还牢牢地悬在半空。

有一次我又坐在黑压压的人群中,"火车晚点未定"那几个字刚打出来,我拔腿就走,旁边的两个人赶紧问,干什么干什么,我说,改签,改签过后马上就走。那两个人马上说,真的么真的么,这回我带走他们俩。

有时也有不改签的时候,那一定是我来迟了。有一次我握着火车票,满头大汗朝火车站跑,一边跑一边想,不要紧不要紧,凭直觉今天火车一定晚点,奔到候车厅,果然"火车晚点未定"那几个红字还牢牢地悬挂在半空。当然也有失算的时候,等我奔到候车厅,"火车晚点未定"不见了,连同那两排黑压压的人群也不见了,我思忖片刻,转身就走,奔向改签窗口的速度比往时还要快。

即便是这样,我依然爱坐火车,爱看车头、车厢、铁轨。这是一个铁家伙,有铁的光亮和硬度。它身段华美,精心打造,久经考验。铁轨逶迤行走,但方向不可更改。它激昂向前,是一个硬汉形象。能负重。

今生和火车有缘。每天晚上收拾完毕,在固定的时间我坐下,我在寻思一种叫做诗歌的东西,当然也写诗。我一直觉得我不是在写诗,我在等待一辆火车,我要跟着它一同出游。遗憾的是我的火车也经常挂"晚点未定"的牌子,晚得

在光里奔跑

比上述还要气壮气足,晚得说不来就不来了,晚得我都不知道要到哪儿改签,好不容易办好了改签手续,这趟班车却有时也是含而不露、吞吞吐吐、欲走不走,害得我整晚在火车站溜达,有时竟搭不上一辆班车,唉,这灵感的班车。

我觉得火车就是一首诗,或者说诗歌飘落到地面就凝固成一列火车。你看它有火车的车厢,尽管车厢少了点,它有铁轨的宽度,尽管它的枕木无拘无束了些,你听它还有火车的韵律,一下一下去把生命追问。深夜里的那声鸣笛,它择时归来,仿佛前世和现在也只隔着这样薄薄的一段,这招魂的声音,让火车和大众建立了一种招魂似的联系。火车一节一节在跑,过平原,穿隧道,世界被他们跑得越来越无处可躲。

有的火车在地道里钻来钻去,它对我说,你猜你猜,我到底想要干什么,你猜你猜我下一步会钻到哪里去,你猜你猜我会在哪里停留,那时候我就想起田鼠或是蚯蚓,想起它们一个下午呆呆坐田泥里,什么事也不干,专门研磨这个问题的样子。或者要是我们还生活在一个研读的时代多好,用抓把咖啡豆在小磨上研来研去的耐性,把诗歌碾出咖啡般的光芒,把下午碾香碾透,碾出挥霍。如今诗歌已经准备好,小磨在哪里,挥霍又在哪里。

有的火车能飞到太空里去。能飞到天上的东西当然很好,

后　记

都飞到天上去了,还不好吗。很多时候,我们站在大堤上仰望,仰望那高深莫测,好东西可能都不需要我们懂的吧,比如原子弹、火箭。但它一定是好东西,感觉好就是一首好诗吧。好诗都是这样不可触碰的吗,我无从知道。

有时在街上走着,看见大卡车"轧轧"地走过来了。这庞大的家伙走南闯北,干的是只有大卡车才能干的活。它高大健壮,简朴厚重,它不走平路,擅长远距离跋涉,它一波三折,历尽世间沧桑,我觉得这是一部小说。

如今私家车、出租车到处都是。有路可以跑,无路也可以跑,世界尽头都有它们身影。这遍地溜达的家伙,如今已泛滥成灾。我以为这是散文。

诗歌是什么,诗歌还是火车。诗歌需要跑到小说那里说三道四吗,或者说小说需要借诗歌来说事吗,我看小说没有那个意思,卡车的事情卡车自己能搞定。诗歌需要跑到散文那里标新立异么,散文很精彩,也很泛滥了,散文自己都要另起炉灶,另立一个散文诗灶头了,诗歌还需要跑到那里点一根柴禾去把散文照亮么,散文需要诗歌来照亮么?

我以为诗歌还应该在自己的轨道上跑。光亮的轨道,高贵的身份,绅士的风度。诗歌是有魔力的,曾经它是多么地风光,它给世界施展过多少魔法。晚点,如今火车一趟一趟

在光里奔跑

晚点。它在等幽灵般的乘客。幽灵般的乘客却都在翘首以待,火车带不走他们。我在写诗,却没有人看。火车已铸好,乘客却神思漫漶。摆开茶座茶吧讨论吧,天造地设的、相濡以沫的为什么一定要走散。

轨道,轨道,我以为还是要给火车一条轨道,趣味总是来源于一点束缚、一点规则。棋局千变万化,棋局需要离开棋谱么,你说它多美妙、多善变。给它一条铁轨,只是为了让它跑得更快,跑得更加千回百转,跑得更让人望尘莫及。

节奏,节奏,它的节奏是自身的,不是我们强加的。就像火车的节奏从来不是我们添加的。诗人已经乐盲,他们以为时代已经乐盲。这是个躁动的时代,也是个疲乏的时代,一些漫溢、一些行云流水、一些汩汩汤汤真的是那么多余吗。

模型。模型已打碎,无需为它再预设一个模型,好诗自己凝结成型。就像游龙有自己矫健的身手鳞爪,它是天生的,不应由我们说了算。

在大家还不能知道火车怎么改,或者还没有能力改出更高明的东西之前,我以为火车改成高铁就已经很好了。子弹头的造型,新型的质材,发亮的情绪,悦动的组合编排。它在轨道上跑,接着地气地跑,它带着翅膀在飞,带着我们在飞。我们需要一个四不像的东西到处乱跑吗?

后　记

　　坐在高铁里，闭上眼睛，老僧般地淡定。我在感受村庄，倾听村庄。这就是读诗的感觉吧。而窗外村庄正在飞逝，现实这个时候也许并不重要。我们的眼睛触摸文字，从来都是体会文字的意义所在，我们的眼睛触摸村庄，我们想要触及的从来都是心灵中的家园、心灵中的牧场。此刻高铁洋溢着的感觉，就是我们读诗的感觉。

　　诗歌到底怎么写，时下评论家说得已经够多。它应该是时代的、真实的、凝练的、泣血的、自我的、隐喻的、无知无觉中神说出的……神谕。我们没有住在神的身边，即便坐着高铁我们也无法到达神的身边，我们只能试图接近神。诗就是诗，诗就是神，我们永远无法知道。

　　再说我自己，整个晚上我都干了些什么。如果那晚我写了一首长诗，那我肯定像高铁一样抖开翅膀去了一趟远方。如果我写了一首短诗，那我只是偶然失踪一会儿，像一只羊在不远处失会儿神再悄然归来。更多时候我在火车站附近转，我在听火车艰难喘息。

　　白天我有过抓火车的经历。它飞过来了，飞过来了，在贴身而过的瞬间我毫不留情地抓住了它，我把它捕进书页，这个行径有点野蛮，我把它牢牢控制在书页，书本则锁在包里。装一辆火车在包里，这是一件多么专制、多么兴奋、多

在光里奔跑

么让血管贲张的事。在晚上，我把火车倒出来，火车还在突突地发出声，它迫不及待地带我走远。在白天更多的火车则从我身边跑掉，它们像幽灵，它最擅长灵光一现。

我的目的地，有时我也不太清楚，可能只是神游，只是漫游，中途还经常拐弯，我的每一首诗都告诉了你我曾经曲折的路线。其实去哪里并不重要，重要的是哪里有深潭深渊，重要的是在哪里能寻到一个与众不同的自我。我们和探险家、冒险家并没有什么不同。

毫无疑问我也是一个试图铸造火车的人，我不奢望我能铸出一辆高铁，它太复杂，造出它的人都是天才。更多的时候我喜欢坐高铁，就像一个热爱旅行的人，试图寻一条心灵之路回家。现代诗注定要被踢出局？那是因为你没有尝试过高铁，或者坐在高铁之上，你的心却在远方迎厉风牧马。这样的人高铁会把你带到目地的，高铁再不能给你其他。高铁无需隔山喊话，它也不需要回声，高铁也有无可奉告的时候。

高铁不再晚点。